周顯文字私考

者今卵靠白了及其他

周顯

目錄

序

我的人生老是思考著一些無聊的問題，但在學術上，這些問題卻有無比的重要。幾年前，我打算用二十年的時間，把這些想到過、自以為解決了的問題一一寫出來，分成不同的主題，輯錄成書。

本書就是其中的一本，主題是對一些字的訓詁，這其中小部分曾經寫過文章、發表過，大部分已在腦中多年，一直沒寫出來。現在終於寫成了，可以把這些內容拋棄了，坐忘了，把精力去去寫其他未寫出來的想法。

且・詩經

1. 且與祖

古時，「且」字和「祖」字是同一字，這已是公論，不必多說，例如甲骨文中的「且甲」、「且乙」、「且丙」，即「祖甲」、「祖乙」、「祖丙」。

郭沫若在〈釋祖妣〉一文中，指出男性先人的「祖」字和女性先人的「妣」字，即是「牡」和「牝」，也就是男性和女性的生殖器官。

2. 詩經的且

在四書五經當中，《詩經》的成書很早，最早的部分可追溯至西周初期，大約是西元前十一世紀左右，最晚也晚不過春秋中葉，大約是西元前六世紀左右。

在《詩經》中，不少有用到「且」，這裏且把部分列出來，以作說明。

3. 溱與洧

《鄭風·溱與洧》的原文是：「溱與洧、方渙渙兮。士與女、方秉蕳兮。女曰觀乎。士曰既且。且往觀乎。洧之外、洵訏且樂。維士與女、伊其相謔、贈之以勺藥。」

「溱與洧、瀏其清矣。士與女、殷其盈兮。女曰觀乎。士曰既且。且往觀乎。

洧之外、洵訏且樂。維士與女、伊其將謔、贈之以勺藥。」

百度百科的說法說這「是描寫鄭國三月上巳節青年男女在溱水和洧水岸邊遊春的詩歌。全詩分二章，每章十二句。此詩詩意明朗，歡快，清新，兩章詞句基本相同，僅換少數幾字，這種迴環往復的疊章式，是民歌特別是“詩三百”這些古老民歌的常見形式，有一種純樸親切的風味。」

根據百度百科對「上巳節」的解說：「俗稱三月三，是漢民族傳統節日，該節日在漢代以前定為三月上旬的巳日，後來固定在夏曆三月初三 。上巳節是古代舉行“祓除畔浴”活動中最重要的節日，人們結伴去水邊沐浴，稱為“祓褉”，此後又增加了祭祀宴飲、曲水流觴、郊外遊春等內容。」

說穿了，「上巳節」就是中國古代的情人節，百度百科說：「另有一種觀點認為上巳節起源於先民的生殖崇拜活動。如陶思炎指出，祓褉活動本是男女春日相歡、婦女祈孕的信仰行為，而持蘭草或香薰草藥沐浴，都是喚起欲的作用。水是神秘的感生物質，婦人臨河不僅欲洗去冬日的塵垢，同時也盼觸水感孕而得子。這種與原始的宗教相關的近水祝殖信仰，當是三月上巳日祓褉風俗的真正緣由。」

一直至唐朝，這節日也有流行，因此杜甫的《麗人行》才會寫：「三月三日天氣新，長安水邊多麗人。態濃意遠淑且真，肌理細膩骨肉勻。繡羅衣裳照暮春，蹙金孔雀銀麒麟。頭上何所有？翠微盍葉垂鬢脣。背後何所見？珠壓腰衱穩稱身。」

事實上，《鄭風・溱與洧》的主題也是男女情人的約會。

詩中內容的流行譯法是：「溱水洧水長又長，河水流淌向遠方。男男女女城外遊，手拿蕑草求吉祥。女說咱們去看看？男說我已去一趟。再去一趟又何妨！洧水對岸好地方，地方熱鬧又寬敞。男女結伴一起逛，相互戲謔喜洋洋，贈朵芍藥毋相忘。」

「溱水洧水長又長，河水洋洋真清亮。男男女女城外遊，遊人如織鬧嚷嚷。女說咱們去看看？男說我已去一趟。再去一趟又何妨！洧水對岸好地方，地方熱鬧又寬敞。男女結伴一起逛，相互戲謔喜洋洋，贈朵芍藥表情長。」

這種傳統的譯法，好比是《金瓶梅》的潔本，雖是「潔」了，但卻把原來的文意也丟失了。

「芍藥」是中國古時的愛情之花，因「藥」與「約」同音。漢朝學者鄭玄的《毛詩傳箋》的解說：「其別則送女以勺藥，結恩情也。」

溱水和洧水是鄭國的兩條河，兩河在今日的交流寨村合流。我的看法是，這裏說的「溱與洧」，有文學上男女交合的暗喻。至於「蕑」，也即是「香蘭」，摘起兩朵，「秉」在一起，也代表了交合。

「方」的意思，是「剛剛完結」，意即兩人剛剛交合完畢。「觀」即「歡」，至於「乎」也有「交合」的意思，另文再說。換言之，女人意圖再次交合，而男人則回答說：「既且」，也即是說：「剛剛才來過一次，還要再來嗎？」

於是，兩人再做了一次愛，所謂的「且樂」，也即是「交合的快活」。完事後，兩人以芍藥定情。

正因如此，《毛詩序》才會說：「《溱洧》，刺亂也。兵革不息，男女相棄，淫風大行，莫之能救焉。」

簡單點說，當時由於戰爭頻仍，少年男子未來性命未卜，因而要盡量把握交合機會，致令社會淫亂，男女常常一夜情。

4. 褰裳

《詩經・鄭風・褰裳》的原文是：「子惠思我，褰裳涉溱。子不我思，豈無他人？狂童之狂也且！子惠思我，褰裳涉洧。子不我思，豈無他士？狂童之狂也且！」

流行譯法是：「承你見愛想念我，就提衣襟度溱來。你若不想我，豈無他人愛？傻小子呀真傻態！承你見愛想念我，就提衣襟度洧來。你若不想我，豈無他男愛？癡小子呀真痴呆！」

以上譯法肯定是錯的，皆因「狂童」肯定不是「傻」或「痴呆」。在這裏，「狂」應解作「自負」。全句「狂童之狂也且」即：「你這個自負的少年人真是一條自負的陽具（男人的俗稱）！」至於「也」字，則也是助語粗口，另文再述。

5. 出其東門

《出其東門》也是《鄭風》的其中一首：「出其東門，有女如雲。雖則如雲，匪我思存。縞衣綦巾，聊樂我員。出其闉闍，有女如荼。雖則如荼，匪我思且。縞衣茹藘，聊可與娛。」

流行譯法是：「走出東門，女孩子結隊如雲。雖則結隊如雲，無一是我意中人。意中人，白衣青巾，悅目賞心。走出外廓，女孩子結隊如茅花。雖則茅花芸芸，無一是我心上人。心上人，白衣紅巾，相處歡欣。」

在這裏我只是想加上一筆，就是「雖則如荼，匪我思且」，意即「雖然很多美女，但我也不想與她們做愛」。

《毛詩序》說：「《出其東門》，閔亂也。公子五爭，兵革不息，男女相棄，民人思保其室家焉。」朱熹在《詩集傳》的說法也差不多：「人見淫奔之女而作此詩。以為此女雖美且眾，而非我思之所存，不如己之室家，雖貧且陋，而聊可自樂也。是時淫風大行，而其間乃有如此之人，亦可謂能自好而不為習俗所移矣。羞惡之心，人皆有之，豈不信哉。」

6. 有客

百度百科說《周頌・有客》：是中國古代第一部詩歌總集《詩經》中的一首詩。這是周王為客人餞行時所唱的樂歌，詩中描寫了周王對來客熱情招待的情形，表現了客人的賢良及主人的盛情，委婉地暗示了周王對客人的希望。

原文是：「有客有客，亦白其馬。有萋有且，敦琢其旅。有客宿宿，有客信信。言授之縶，以縶其馬。薄言追之，左右綏之。既有淫威，降福孔夷。」

流行譯法是：「遠方客人來造訪，駕車白馬真健壯。隨從人員眾且多，個個品德都賢良。客人已經住兩天，多住幾天增感情。給他拿條絆馬索，斑竹馬兒不讓行。客人走時遠遠送，左右熱情慰勞他。既用大德來待客，上天降福多又大。」

對於「有萋有且」，鄭玄的箋說：「威儀萋萋且且，盡心力於其事。」孔穎達的疏則說：「威儀萋萋且且，威儀多之狀，故複言之。威儀出於心而以力行之，故言盡心力於其事也。」換言之，他們認為是「茂盛」的意思，但我卻認為「有萋有且」，並非「隨從人員眾且多」，而是「隨行者有女有男」。

毫無疑問，「萋萋」，如「芳草萋萋」，是「茂盛」的意思，可這是疊字，然而單一個「萋」字，又可否作同解呢？以日文為例子，很多時都會用疊字來形容很多，但單一個字則並無這意思。中文也會如此，例如「形形色色」和「形」、「色」也是完全不同的意思。

百度百科對「妻」字的意思是「甲骨文中的“妻”字從又持女髮，即由“每（女子生育）”和“又（抓）”組成，會奪女（搶親）為妻之意。」換言之，男人執著女人的頭髮，把她搶回來，當自己的老婆，就是「妻」了。也正因「妻」既有女人，也有「頭髮」的意思，因而才引申出「芳草萋萋」。

總括上文，「芳草萋萋」的意思是「有香氣的草像女人的頭髮般茂盛」。

這裏再引用《詩經》的另一首《小雅·巷伯》去作說明「萋」是「女人」的意思：

「萋兮斐兮，成是貝錦。彼譖人者，亦已大甚！哆兮侈兮，成是南箕。彼譖人者，誰適與謀。緝緝翩翩，謀欲譖人。慎爾言也，謂爾不信。捷捷幡幡，謀欲譖言。豈不爾受？既其女遷。驕人好好，勞人草草。蒼天蒼天，視彼驕人，矜此勞人。彼譖人者，誰適與謀？取彼譖人，投畀豺虎。豺虎不食，投畀有北。有北不受，投畀有昊！楊園之道，猗於畝丘。寺人孟子，作為此詩。凡百君子，敬而聽之。」

《毛詩序》說：「《巷伯》，刺幽王也，寺人傷於讒，故作是詩也。巷伯，奄官兮（也）。」換言之，這是周幽王時代的太監被人用言中傷，因而作出了這首詩。

流行譯法是：「各種花紋多鮮明，織成多彩貝紋錦。那個造謠害人者，心腸實在太兇狠！臭嘴一張何其大，如同箕星南天掛。那個造謠害人者，是誰給你作謀劃？花言巧語嘰嘰喳，一心想把人來坑。勸你說話負點責，否則往後沒人聽。花言巧語信口編，一心造謠又說謊。並非沒人來上當，總有一天要現相。進讒的人竟得逞，被讒的人心意冷。蒼天蒼天你在上！管管那些害人精，多多憐憫被讒人！那個造謠害人者，是誰為他出計謀？抓住這個害人精，丟給野外餵豺虎。豺虎嫌他不肯吃，丟到北方不毛土。北方如果不接受，還交老天去發落。一條大路通楊園，楊園緊靠畝丘邊。我是閹人叫『孟子』，是我寫作此詩篇。諸位大人君子們，請君認真聽我言！」

「斐」有花紋錯雜的意思，我的看法是，「萋兮斐兮，成是貝錦」指的是「穿著華衣美服的女人」，這當然並非指是真正的女人，而是「花紋錯雜」，即是不男不女，是對太監的侮辱說法。

7. 雞鳴

《詩經・齊風・雞鳴》的原文是：「雞既鳴矣，朝既盈矣。匪雞則鳴，蒼蠅之聲。東方明矣，朝既昌矣。匪東方則明，月出之光。蟲飛薨薨，甘與子同夢。會且歸矣，無庶予子憎。」

《毛詩序》對此的解說是：「哀公荒淫怠慢，故陳賢妃貞女夙夜警戒相成之道焉。」換言之，這是齊哀公的賢慧妻子勸他早起上朝的詩句。

流行譯法是：「公雞喔喔已叫啦，上朝官員已到啦。這又不是公雞叫，是那蒼蠅嗡嗡鬧。東方曚曚已亮啦，官員已滿朝堂啦。這又不是東方亮，是那明月有光芒。蟲子飛來響嗡嗡，樂意與你溫好夢。上朝官員快散啦，你我豈不讓人恨！」

為甚麼會扯到「蒼蠅之聲」呢？照說，早上和蒼蠅可扯不上關係呀！我認為，這是形容他們做愛時的聲音，台灣也會對做愛的聲音說成「啪啪啪」。「甘與子同夢」，即我很想同君王你繼續一起睡覺／做愛，至於「會且歸矣」，我的看法：不過，（由於朝臣都在等待），還是請君主快點完事吧，「且歸」，就是「陽具要回去的意思。「無庶予子憎」是希望君王不要因（我催你快點完事而）憎恨我！

8. 山有樞

百度百科說：「《唐風・山有樞》……嘲笑諷刺一個守財奴式的貴族統治者，強調生活的奢儉應歸於中道，如此，人才是財富的主人，堪稱一首古老的糾偏文學。」

原文是：「山有樞，隰有榆。子有衣裳，弗曳弗婁。子有車馬，弗馳弗驅。宛其死矣，他人是愉。山有栲，隰有杻。子有廷內，弗灑弗掃。子有鐘鼓，弗鼓弗考。宛其死矣，他人是保。山有漆，隰有栗。子有酒食，何不日鼓瑟？且以喜樂，且以永日。宛其死矣，他人入室。」

流行譯法是：「山坡上面有刺榆，窪地中間白榆長。你有上衣和下裳，不穿不戴箱裏裝。你有車子又有馬，不駕不騎放一旁。一朝不幸離人世，別人享受心舒暢。山上長有臭椿樹，菩提樹在低窪處。你有庭院和房屋，不灑水來不掃除。你家有鍾又有鼓，不敲不打等於無。一朝不幸離人世，別人佔有心舒服。山坡上面有漆樹，低窪地裏生榛栗。你有美酒和佳餚，怎不日日奏樂器。且用它來尋歡喜，且用它來度時日。一朝不幸離人世，別人得意進你室。」

我對最後四句的解釋是：「且以喜樂，且以永日。宛其死矣，他人入室。」你與你的女人們做愛很快樂，常常做愛。可是，當你死了之後，其他人便會進入你的家，暗喻其他人將與你的女人做愛。

套句日文的說法，則是被別的男人「寢取」（ねとられ，俗稱為「NTR」）了。

9. 韓奕

《詩經・大雅・韓奕》的原文是：「奕奕梁山，維禹甸之，有倬其道。韓侯受命，王親命之：纘戎祖考，無廢朕命。夙夜匪解，虔共爾位，朕命不易。榦不庭方，以佐戎辟。四牡奕奕，孔脩且張。韓侯入覲，以其介圭，入覲于王。王錫韓侯，淑旂綏章，簟茀錯衡，玄袞赤舄，鉤膺鏤鍚，鞹鞃淺幭，鞗革金厄。韓侯出祖，出宿于屠。顯父餞之，清酒百壺。其肴維何？炰鱉鮮魚。其蔌維何？維筍及蒲。其贈維何？乘馬路車。籩豆有且。侯氏燕胥。韓侯取妻，汾王之甥，蹶父之子。韓侯迎止，於蹶之里。百兩彭彭，八鸞鏘鏘，不顯其光。諸娣從之，祁祁如雲。韓侯顧之，爛其盈門。蹶父孔武，靡國不到。為韓姞相攸，莫如韓樂。孔樂韓土，川澤訏訏，魴鱮甫甫，麀鹿噳噳，有熊有羆，有貓有虎。慶既令居，韓姞燕譽。溥彼韓城，燕師所完。以先祖受命，因時百蠻。王錫韓侯，其追其貊。奄受北國，因以其伯。實墉實壑，實畝實藉。獻其貔皮，赤豹黃羆。」

流行譯法是：

「巍巍梁山多高峻，大禹曾經治理它，交通大道開闢成。韓侯來京受冊命，周王親自來宣佈：繼承你的先祖業，切莫辜負委重任。日日夜夜不懈怠，在職恭虔又謹慎，冊命自然不變更。整治不朝諸方國，輔佐君王顯才能。四匹公馬高又壯，體態雄壯又修長。韓侯入朝拜天子，手持介圭到殿堂，恭行覲禮拜周王。周王賞賜給韓侯，交龍日月旗漂亮；竹篷車子雕紋章，黑色龍袍紅色鞋，馬飾繁纓金鈴裝；車軾蒙皮是虎皮，轡頭輓具閃金光。韓侯祖祭出發行，首先住宿在杜陵。顯父設宴來餞行，備酒百壺甜又清。用的酒餚是什麼？燉鱉蒸魚味鮮新。用的蔬菜是什麼？嫩筍嫩蒲香噴噴。贈的禮物是什麼？四馬大車好威風。盤盤碗碗擺滿桌，侯爺吃得喜盈盈。韓侯娶妻辦喜事，大王外甥作新娘，蹶父長女嫁新郎。韓侯出發去迎親，來到蹶地的裡巷。百輛車隊鬧攘攘，串串鑾鈴響叮噹，婚禮顯耀好榮光。眾多姑娘作陪嫁，猶如雲霞鋪天上。韓侯行過曲顧禮，滿門光彩真輝煌。蹶父強健很勇武，足跡踏遍萬方土。他為女兒找婆家，找到韓國最心舒。身在韓地很快樂，川澤遍佈水源足。鯿魚鰱魚肥又大，母鹿小鹿聚一處。有熊有羆在山林，還有山貓與猛虎。喜慶有個好地方，韓姞心裡好歡愉。擴建韓城高又大，燕國征役來築成。依循先祖所受命，管轄所有蠻夷人。王對韓侯加賞賜，追族貊族聽號令。北方各國都管轄，作為諸侯的首領。築起城牆挖壕溝，劃分田畝稅章定；珍貴貔皮作貢獻。」

照上述的語譯，固然「且」可譯作「又」，但「孔」字應該不可以譯作「體態」吧？我的看法是：「孔」應是「屁眼」，「孔脩且張」應是「屁眼很漂亮，陽具很長」的意思。

者、些、嗟、啫

1. 者

先前說了「且」和「祖」同義，本義是「陽具」。其後，這衍生了好些同音字，例如「者」。

《論語・先進》：「安見方六七十如五六十而非邦也者？」

以上這個「者」字，是助語詞，好比今人往往用性器官來作日常對話的助語詞。我記得香港的作曲人、填詞人黃霑把這作法稱為「力詞」，即是令一句話更加「有力」的文學修飾。然而「力詞」這名詞我找不到出處，不知是不是黃霑自撰的。

在現代，性器官是忌諱詞，斯文人不說。在中國古時，其用途廣泛得多，不大忌說。這正如現時荷李活電影也常會說粗口，就是一級的文藝片，也常有聽到。然而在香港，則嚴格得多，一旦說粗口，便被列作三級片。在內地的電影，更加連說也不能說。

「者」字既然有「陽具」的意思，毫無疑問，也可被釋為「男人」，而在大部分的語言中，「男人」和「人」是同一個字，例如英文的「man」，即同有「男人」和「人」的意思，如cameraman、policeman、postman，即是「攝影的人」、「執行政策（policy）的人」、「負責郵政的人」等。

從而，中文的「死者」、「記者」、「歌者」、「老者」等字的「者」字的起源，也應是來於以下的演化：者→人→男人→陽具。

2. 些

這個字在南方，則寫作「些」，例如《楚辭‧招魂》：

「魂兮歸來！去君之恆幹何為四方些？捨君之樂處，而離彼不祥些。魂兮歸來！東方不可以托些。長人千仞，惟魂是索些。十日代出，流金鑠石些。彼皆習之，魂往必釋些。歸來兮！不可以托些。魂兮歸來！南方不可以止些。雕題黑齒，得人肉以祀，以其骨為醢些。蝮蛇蓁蓁，封狐千里些。

雄虺九首，往來倏忽，吞人以益其心些。歸來兮！不可久淫些。」

3. 嗟來之食

有趣的是，《禮記‧檀弓下》記載了一個故事：

「齊大饑，黔敖為食於路，以待餓者而食之。有餓者蒙袂輯屨，貿貿然來，黔敖左奉食，右執飲曰：『嗟！來食 ！』揚其目而視之，曰：『予唯不食嗟來之食，以至於斯也。』從而謝焉。終不食而死。曾子聞之曰：『微與！其嗟也可去，其謝也可食。』」

這一段的翻譯是：「春秋時代，齊國發生了大饑荒，有個叫黔敖的人，在路邊放置飲食接濟路過的難民。當有個人用袖子遮著臉，拖著疲憊的腳步，跌跌撞撞地走來時，黔敖便拿了食物和飲水喊他：『喂！來這裡吃東西！』那個人抬起臉瞪著黔敖說：『我就是不接受這樣無禮的施捨，才會餓到這種地步！』黔敖立刻為自己的態度道歉，但那個人卻不接受，仍堅持拒絕進食，後來終於餓死了。當時曾子聽了這件事後，不太以為然，他說：『用不著這樣吧！若招待的人真的很不禮貌，你可以拒絕，但人家都道了歉，就可以接受啊！』」

這就是有名的「嗟來之食」的成語。我的看法是：「嗟」指的不是「喂」，皆因「喂」字並沒有侮辱成分，但如果黔敖指的是「陽具」，類似現時黑人說「man」，那就有點不客氣了。

《尚書・秦誓》是西元前627年的作品，成書早於《禮記》，第一句是：「嗟，我士，聽，無譁。」在這裏，「嗟」意思應是「男人們」，在當時，並沒有侮辱成份，這好像《詩經》說的「且」，也是很光明正大地講出來。

4. 啫

最後說一句，沿至今日，廣東人也會用「啫」字來形容陽具，不過通常指的是小孩，但偶然也有用來指成年男人。

至於有名的「啫啫雞」，或「啫啫雞煲」，是在廣東流行的煲仔菜，不用盤子，而是用砂鍋直接上菜，當揭開鍋蓋的一刻，可以聽到「啫啫」聲響，因以為名。故此，此菜與意為「陽具」的「啫」字無關。

苟且

「苟且」是從古至今的常用詞，是「馬虎從事，得過且過，過一天算一天」的意思，這是漢朝以來已經有了的說法，例如說，漢朝時，荀悅寫的《漢書》簡化版《漢紀》有：「夫秦滅先聖之道，為苟且之治，故立十四年而亡。」

如果要分開兩字來解釋，《說文》的說法是：「苟，草也。」究竟這是甚麼草呢？《山海經》的說法是：「苟草，食之美人色。」所以是一種吃了可以美容的草。

《禮記》亦說：「臨財毋苟得，臨難毋苟免。」諸葛亮在《出師表》也說過：「苟全性命於亂世，不求聞達於諸候。」對比去推理，應是「企圖僥倖得到」的意思。

我想，吃了美人草而變成美人，好比是醜女藉著整容而變成美人，也是「企圖僥倖得到」的意思吧。

至於「且」字呢？我有文章說過，這是一個象形文字，意即男人的性器官。所以，「祖先」的「祖」字，就是一個「神」加上一條陽具，就是我們崇拜的「祖」了。

所以呢，根據《周顯大辭典》，「苟且」的原意就是一個美女加上一條陽具，這當然是很淫穢的配合：如果「苟」意即「隨便」，「且」即是「陽具」，「苟且」就是一條「隨便的陽具」，例子是，陳冠A。

從以上，我們可把「苟且」的原型視作「不端正的陽具」，也即是「非婚性行為」，並以此來喻「不端正的生活方法」。因此，中文有「苟且偷生」、「苟且偷安」的說法。

另一方面，「苟且」又有「不正當的性行為」的意思。從廣義看，「非婚性行為」，例如說，中文有一男一女「行那苟且之事」，又可稱為「苟合」。「濫交」自然也是「苟且」的一種。

奚、兮、閪

1. 奚

我懷疑，今日廣東人用的「閪」字，源自古漢語的助語詞「奚」。

在甲骨文，「奚」指的是「女性奴隸」。百度百科的說法是：「上部為一隻或一雙手（作爪或又）。中間為古“糸”字的初文，像後來的絲形，此處指捆綁人的繩索。其下之“大”（或作“女”）即指人。其意思是：有人抓住了一個奴隸，用繩索將奴隸脖子繫住，並用手在前面牽着。也有人將中間的“糸”理解為奴隸頭上長長的辮子。一個人的頭髮被別人揪住，無論正立也好，側立也好，站着也罷，跪着也罷，頭髮始終掌握在別人手裏，必須聽從別人的指揮。同樣是沒有自由的奴隸的形象。」

「低賤的女人」和「女人性器官」常作同義解。廣東人痛罵某女人低賤，也會罵她作「臭閪」。此外，「奚」加上三點水是「溪」，大約窄於 5米的就是「溪」，闊過 5米的就是「河」。如加上「谷」，則是「谿」，也是「小河」的意思。窄窄的有水流的谷道，也不無「陰道」的意思。

無論如何，「奚」不是一個好字，例如說，用尖酸刻薄的话使人难堪，是為「奚落」。

在春秋時代，「奚」通常用作疑問語，如《論語 ・子路》：「衞君待子而為政，子將奚先？」

2. 兮

「兮」和「奚」同音，是古時常用的助語詞。《楚辭・天問》說：「路漫漫其修遠兮，吾將上下而求索。」

2014年 9月 1日，胡義成在《國學網》（www.guoxue.com）發表了一篇《兮字探源》，提到：

「在所有中國古代典籍中，對“兮”字的最早記錄出自《詩經》。據統計，在《詩經》中，“兮”字共出現了 321次，遠高於“矣”等其他語助詞，可見它在《詩經》時代抒情時的極端重要性。

「仔細翻檢《詩經》“風”“雅”“頌”各部分，可以發現，“兮”字出現最多的地方是“風”，“風”詩中某些感情最濃烈的篇章，如《魏風》中的《伐檀》，《鄭風》中的《緇衣》等，詩尾幾乎全是“兮”字；“小雅”中“兮”字也不少，而“大雅”和“頌”中“兮”字則較少。這種情況，與“風”詩跟“小雅”多來自民間而感情外露有關，而“大雅”和“頌”與官府、貴族關係密切，感情外露的文字已被“磨滑”，故“兮”字較少。由此也可知，“兮”字確系反映民間外露感情的語助詞，其意指向“啊”並無大錯。今日讀《詩經》，用“啊”釋“兮”，一般也都講得過去。」

我的看法是，在當時，「兮」既然是女性器官的意思，也很可能是女人專用的助語詞，因此只在「國風」、「小雅」出現較多，因而「不登大雅之堂」，即是說，在「頌」和「大雅」這些正式場合唱的贊歌，不會使用「兮」字。這原因很簡單：它指的是女人性器官，而且還是女性奴隸的性器官，在男尊女卑的年代，這個字很可能有著貶義。

相比之下，在前面「且・詩經」提過的《詩經・周頌・有客》的那句「有萋有且，敦琢其旅」，我把「有萋有且」解釋作「有男有女」，而「萋」字應是「妻」字的本字，是「妻子」、「地位高貴的女人」的意思，那就可以在正式場合的頌歌中作為歌詞了。

當然，到了後來，尤其是去到了南方的楚國，大家均已忘記了它的原來意思，因而也就沒這個限制了。《垓下歌》：「力拔山兮氣蓋世。時不利兮騅不逝。騅不逝兮可奈何！虞兮虞兮奈若何！」相信是後人的文學創作，並非項羽原話，不過把歌記錄下來的司馬遷和項羽不過相差幾十年，這歌詞也應是當時楚人的方言。

3. 閪

「奚」和「兮」應是這個字也即是廣東話的「閪」的來源。「閪」是幾十年由香港人發明的寫法，以前並無此字。在注意，在廣東話中，「閪」有著濃烈的貶義，例如說：「甲君的工作很閪」，即是「他的工作做得很爛」的意思。

4. 綢繆

《詩經 ·唐風 ·綢繆》的原文是：「綢繆束薪，三星在天。今夕何夕，見此良人？子兮子兮，如此良人何？綢繆束芻，三星在隅。今夕何夕，見此邂逅？子兮子兮，如此邂逅何？綢繆束楚，三星在戶。今夕何夕，見此粲者？子兮子兮，如此粲者何？」

流行譯法是：「一把柴火扎得緊，天上三星亮晶晶。今夜究竟是哪夜？見這好人真歡欣。要問你啊要問你，將這好人怎樣親？一捆牧草扎得多，東南三星正閃爍。今夜究竟是哪夜？遇這良辰真快活。要問你啊要問你，拿這良辰怎麼過？一束荊條緊緊捆，天邊三星照在門。今夜究竟是哪夜？見這美人真興奮。要問你啊要問你，將這美人怎樣疼？」

這首詩毫無疑問是女人新婚前的心聲，類似周華健那首有名的《明天我要嫁給你》。

5. 緇衣

《詩經 ・鄭風 ・緇衣》的原文是：「緇衣之宜兮，敝予又改為兮。適子之館兮。還予授子之粲兮。緇衣之好兮，敝予又改造兮。適子之館兮，還予授子之粲兮。緇衣之席兮，敝予又改作兮。適子之館兮，還予授子之粲兮。」

語譯是：「黑色朝服多合適啊，破了，我再爲你做一襲。你到官署辦公去啊，回來，我就給你穿新衣。黑色朝服多美好啊，破了，我再爲你做一套。你到官署辦公去啊，回來，我就給你試新袍。黑色朝服多寬大啊，破了，我再爲你做一件。你到官署辦公去啊，回來，我就給你新衣穿。」

這很明顯，是太太為丈夫裁剪衣裳的詩歌。

6. 葛覃

《詩經 ・周南 ・葛覃》的原文是：「葛之覃兮、施于中谷。維葉萋萋、黃鳥于飛。集于灌木、其鳴喈喈。葛之覃兮、施于中谷。維葉莫莫、是刈是濩。為絺為綌、服之無斁。言告師氏、言告言歸。薄污我私、薄澣我衣。害澣害否、歸寧父母。」

以下是流行的譯文：「葛草長得長又長，枝兒伸到谷中央，葉兒茂密翠汪汪。黃鸝上下在翻飛，一起停在灌木上，嘰嘰啾啾把歌唱。葛草長得長又長，枝兒伸到谷中央，葉兒茂密翠汪汪。割藤蒸熟織麻忙，織細布啊織粗布，穿不厭的新衣服。告訴管家心裏話，說我探親回娘家。內衣髒了洗乾淨，外衣受污也要刷。哪件不洗哪件洗，洗完回家看爹娘。」

既然是回娘家，不用細看，也知是女人的詩歌。

7. 伯兮

《詩經‧衛風‧伯兮》的原文是：「伯兮朅兮，邦之桀兮。伯也執殳，為王前驅。自伯之東，首如飛蓬。豈無膏沐？誰適為容！其雨其雨，杲杲出日。願言思伯，甘心首疾。焉得諼草？言樹之背。願言思伯，使我心痗。」

譯文是：「我的丈夫高大威風，是國家的英雄。手持長矛，君王的陣前先鋒。自從丈夫去了東方，我不再對鏡梳妝。不是沒有香水和面霜，因為他不在我身旁。希望落一些小雨，偏偏火熱大太陽。日夜想念我的丈夫，悲傷斷腸。誰會給我『忘憂草』？我會種在中堂。為什麼我這樣想你，衷心難忘。」

8. 伐檀

《詩經‧魏風‧伐檀》是教科書常錄的詩，相信不少人都會熟悉。原文是：「坎坎伐檀兮，置之河之幹兮。河水清且漣猗。不稼不穡，胡取禾三百廛兮？不狩不獵，胡瞻爾庭有縣貆兮？彼君子兮，不素餐兮！坎坎伐輻兮，置之河之側兮。河水清且直猗。不稼不穡，胡取禾三百億兮？不狩不獵，胡瞻爾庭有縣特兮？彼君子兮，不素食兮！坎坎伐輪兮，置之河之漘兮。河水清且淪猗。不稼不穡，胡取禾三百囷兮？不狩不獵，胡瞻爾庭有縣鶉兮？彼君子兮，不素飧兮！」

流行譯文是：「砍伐檀樹聲坎坎啊，棵棵放倒堆河邊啊，河水清清微波轉喲。不播種來不收割，爲何三百捆禾往家搬啊？不冬狩來不夜獵，爲何見你庭院豬獾懸啊？那些老爺君子啊，不會白吃閒飯啊！砍下檀樹做車輻啊，放在河邊堆一處啊。河水清清直流注喲。不播種來不收割，爲何三百捆禾要獨取啊？不冬狩來不夜獵，爲何見你庭院獸懸柱啊？那些老爺君子啊，不會白吃飽腹啊！砍下檀樹做車輪啊，棵棵放倒河邊屯啊。河水清清起波紋啊。不播種來不收割，爲何三百捆禾要獨吞啊？不冬狩來不夜獵，爲何見你庭院掛鵪鶉啊？那些老爺君子啊，可不白吃腥葷啊！」

這首詩看不出是出自男人還是女人。

9. 越人歌

《越人歌》是西元前 529年之前的作品，比《楚辭》早了二百多年。它的原文是越語，相信是女人的船夫對當地的令尹子晳唱歌：「濫兮抃草濫予昌枑澤予昌州州𩜱州焉乎秦胥胥縵予乎昭澶秦踰滲惿隨河湖。」

其歌詞即時被翻譯為：「今夕何夕兮，搴舟中流。今日何日兮，得與王子同舟。蒙羞被好兮，不訾詬恥。心幾煩而不絕兮，得知王子。山有木兮木有枝，心悅君兮君不知。」

子皙聽到這番話後，「上前擁抱，舉繡被而覆之。」

10. 兮

「兮」字的甲骨文是一個「T」字上面加上小小的兩豎。這個「T」很明顯有著「陽具」的意思。至於加上兩豎，也許是好比英文的「woman」和「man」的分別，加上些筆劃，就可把男變成女。

11. 妻與奚

最後一點要說，就是我懷疑過，「妻」和「奚」可能是同一字，皆因都是「抓回來」的女人，而且同音，不過一個是當老婆，另一個則是當奴隸。

雖然，在階級制度尚未建立的遠古時候，這兩者的並不一定分得清楚。

然而，在甲骨文中，這兩個是截然不同的字，所以我收回這假設，但也並不排除這兩者可能有點關係，姑且一錄。

也、屄、姐、牝、皮、毴

1. 也

《說文》說：「也，女陰也。象形。」雖然，現代也有人利用古文字去推斷，指出許慎是把字混淆了，「女陰」是另一個類似「也」字的字，而不是同一個字。此爭拗太過專業，不提。

中文有「㸙」字，是由「母」和「也」結合，意即「雌性生物」，「娘娘腔男人」可叫「㸙型」，主要是在廣東、潮州使用，粵音是「naa2」，潮州人唸「nuă」，普通話拼則是「nă」。這字不一定用在人的身上，也可用於其他生物，例如「雌蟹」可叫「蟹㸙」。

把「㸙」字左右對調，則是「毑」，讀音為「jiě」，是「母親」的意思。釋義為母親。

漢朝學者揚雄寫的《方言》，全稱是《輶軒使者絕代語釋別國方言解》，書內有云：「南楚瀑洭之间，母謂之『媓』、『毑』。」

根據百度百科：「娭毑，湖南方言，是奶奶的意思。在湖南稱自己家裏的奶奶以及鄰裡鄉親上了年紀的女性老人都可稱“姓氏＋娭毑”，是一種人物名稱的叫法。“毑婆”為客家方言詞彙，意為姥姥，現仍普遍使用。毑是母親的意思，毑婆，就是來自母親那邊的阿婆（姥姥），即“毑婆”。在陝北地區，小輩人通常把母親的孃家叫“毑家”，把奶奶的孃家稱為“老毑家”。」

「毑」的讀音為「jiě」。《說文解字》說：「蜀人謂母為『姐』。」這為以上解釋多出了一條證據。，

中學時，我有一個很要好的同學，叫「孫德民」，如果我沒記錯，他把外婆喚作「娭毑」，當時我覺得很奇怪，因此記住了。

孫德民好像是江浙人，他的父親叫「孫隆安」，並有叔叔，即是他父親的弟弟，叫「孫隆基」， 是著名歷史學家，代表作是《中國文化的深層結構》。我唸中學時，他在唸博士，在孫隆安家中住了幾個月，我到孫家串門子時，不時踫到他。

根據維基百科的「孫隆基」條：「台灣歷史學者，專長是美國史、俄國史、中西文化比較、世界史。精通英文、俄文等。其祖籍中國浙江，出生於重慶，畢業於國立台灣大學歷史學系、研究所，先後獲明尼蘇達大學及史丹福大學之歷史學碩士及博士學位；曾任教於坎薩斯大學、聖路易市華盛頓大學、田納西州孟菲斯大學和加拿大阿爾伯塔大學，現為國立中正大學歷史學系兼任教授。」並沒有記載其母親是哪裏人。

近年，人們才會把中東國家「也門」改譯為「葉門」，皆因舊譯法太過不雅。

2. 屄、妣、牝

至於北方最流行的女陰粗俗說法，應是「bī」。現時通常寫作「屄」。

按照郭沫若《釋祖妣》一文，「屄」這個字應出自「妣」，也即是「牝」。近代中國人常說的「牛匕」，則是把「牝」字拆成兩字。金庸在《鹿鼎記》中寫成了「牛皮」，加上動詞，則是「吹牛皮」。

古人把「死去的母親」稱為「先妣」，由此可見，在當時，這字並沒甚麼貶義。事實上，古人向來有性器崇拜，活像男女性器的天然巨石往往是愚夫愚婦拜祀的對象。此外，今人所說的「很牛匕」，即是「很棒」、「很了不起」的意思，也無貶意。

3. 毴

程瞻廬是蘇州人，生於1879年，即清末，死於1943年，即民國之際、日治時期。他是一個文化人，寫過很多不同的文章和小說，其中我唯一看過（而且看過了很多遍），也最有名的，就《唐祝文周四傑全傳》，近數十年所拍的所有唐伯虎故事，都是本於這本巨著。

以下是這本書的第四十七回：「打燈謎童僕勝秀才，借服飾大娘窺小叔」。

猜謎的人是個窮秀才，三旬年紀還沒有娶得娘子。平日癡心妄想，可有彩樓上的千金小姐把彩球抛中了他，那才可以享盡人間豔福。他擠入人叢裡看燈謎，偏偏賞識了這一條。以為其中語意是個懷春女子口吻，料想這謎底定是猜著一個女人，猜中了定有美貌佳人跟著他走。他瞧見公館的門條是「尤公館」三字，他便狂呼道：「我猜的便是貴公館裡的尤大小姐，快叫尤大小姐跟我回去成親！」

喊的時候唾沫四濺極態橫生，博得人人拍掌大笑。笑聲完畢，裡面的謎主人冷冷的說道：「先生錯了，這裡面只有尤大少爺，沒有尤大小姐。況且謎條上寫的是請打一物，沒有說請打一人。」窮秀才強辯道：「盈天下皆物也，男有陽物，女有陰物。怎說不是物呢？」謎主人道：「那麼你猜女人便是了。怎說是尤大小姐呢？」窮秀才道；「美貌女人，喚做尤物。所以我猜這一物便是尤大小姐。」

這幾句話又引動著許多人拍手大笑，都說：「想入非非，想入非非。」

祝枝山目力不濟，有時周文賓看了告訴他，有時祝僮看了告訴他。枝山在祝僮耳邊說了幾句話，祝僮便在「想入非非」聲中擠入人叢喊道：「我來猜啊！我來猜！」「我猜錯了。」那時謎主人又在空隙處粘上一紙謎條，眾人見了又是拍手大笑，但見上面寫的：猜謎的都是方巾飄飄的儒生，忽的擠入了一個羅帽直身打扮的書童，大眾都吆喝道：「滾滾滾！你是烏鴉，怎麼擠入了鳳凰淘？」祝僮不去睬他，高喊道：「謎主人，這條謎兒請打一物，即以猜中之物為贈，不是墨麼？」謎主人很起勁的答道：「是墨，是墨！你的心思很好啊！」便揭下謎條，取出一錠四兩重的精製名墨授給祝僮。那個猜尤物的窮秀才討取了這紙謎條，又細細的研究了一下，便道：「不錯不錯，句句都是說墨，並不是說人。我猜錯了。」

那時謎主人又在空隙處粘上一紙謎條，眾人見了又是拍手大笑，但見上面寫的：「郎要脫褲，姐兒倆都是白虎白虎。請打一成語，贈荷包兩個。」

祝僮得了一些甜頭，怎肯走開？他想第一個謎兒是大爺教我的，不算希奇。這一個謎兒須得試試我的真才實學。旁的燈謎謎面都是很深的，他看了沒做理會處。這一個謎面卻是兩句俗語，見了誰都知曉，而且謎底是一句成語，並不是四書五經，也許可以猜中的。他騷頭摸耳一會子，要算他心思靈敏，他方才擠入人叢，聽得眾人在說「想入非非」，「想入非非，」他想：「這個燈謎取是猜這一句罷？」便又高聲大呼道：「謎主人，這條郎要脫褲的謎兒可是打一句『想入非非？』謎主人大喜道：「又被你猜中了！」便又揭下謎條，取出一雙不曾繡花的白綾荷包做了謎贈。

祝僮笑嘻嘻的向眾人說道：「你們鳳凰都不會開口，倒是被我烏鴉猜中了兩條。」就中有一位秀才先生向著祝僮拱手請教道：「請問足下，怎麼這條謎兒猜做『想入非非』？」祝僮笑道，「相公，看你是個喝過墨水的人，連這『想入非非』都不知曉，『郎要脫褲』不是要想入麼？」那秀才點頭播腦的說道：「『郎要脫褲，』確是想入。下一句『姐兒倆都是白虎白虎，』為什麼打這非非兩字呢？」祝僮道：「相公又來了，你讀了滿肚子的書，難道這個字都不認識麼？請問相公，你們對於女人家下面的東西叫做什麼？」那秀才道：「這個字讀的聲音是很不雅的，是卑鄙的鄙字，作平聲讀。」祝僮道：「怎樣寫法？」那秀才道：「這個字是《洪武正韻》所不載的，通俗的寫法是寫了一個『毛』字，又寫一個『非』字，便是這個字。」祝僮笑道：「那麼容易明白了，有毛的便是相公口中所說的那個字；無毛的便是『非』字。『姐兒倆都是白虎白虎』，不是『非非』是什麼？」一經祝僮說破，眾人益發笑聲如沸。那個三十歲沒有做親的窮秀才，他沒有領略過裙下風味，卻呆呆的立在燈光下面咀嚼這「非非」兩字，自稱「奇怪奇怪，怎麼白虎白虎便是『非非』

呢？這真叫做難題太遠了！」

祝僮得了些彩頭，喜孜孜的擠出人叢來見主人，把一錠墨授給枝山道：「這是大爺猜中的謎贈。」又把一雙白綾荷包放在手中賣弄道：「可惜這兩隻荷包不曾繡花，又沒有須頭。」枝山道：「祝僮，你在這分上卻不聰敏了，他們的謎贈都和謎條有關係。你猜得出白虎白虎，他們給你兩隻荷包也是白虎白虎。假使荷包上面有了須頭，便不是白虎白虎了。」這幾句話又引得文賓和祝僮都是大笑。祝僮的笑又和前兩回差不多，蹲著身子半晌直不起腰來。

這個謎語的謎底是：想入非非。這得需要解釋：

郎要脫褲，當然是「想入」，但是為甚麼「白虎」是「非非」呢？話說中文俗語「白虎」，意即下陰無毛的女人。根據程瞻廬的說法，女人的陰戶的寫法是一個「毛」字，加一個「非」字，即「毴」。

由此見到，在民國時代，至少在蘇州一帶，「屄」的通俗寫法是「毴」。我的看法是，這個字是象形字，一撮毛加上一個洞，是所有有關女陰的寫法當中最精采的一個。這應該是象形文字吧，比起「屄」，或是香港人寫的「閪」，其「藝術成份」都高得多了。

順帶一提，現代香港人把粗口字都寫作「門」部首，如「𨳒」，「𨳊」，「𨶙」，「𨳍」，「閪」，合稱為「小狗懶擦鞋」，然而除香港人以外，中文通常會用「尸」部首，如「屌」、「屄」。

乎、卵、靠、日、直

1. 乎

用性器官或性行為來作助語詞，是很多語言的慣用說法，例如說，英文的「fuck」，是其最常用的助語詞。當然，英文也有與性無關的助語詞，例如「hell」，也有一些語文並沒用性有關的字作助語詞，就我所知，日本就沒有用性器官來作粗口的說法，頂多是罵人愚蠢，例如「馬鹿野郎」。我懷疑，中國古代的流行助語詞，全都是與性有關，例如我寫過的「且、者、些、嗟、啫」，都是助語詞。

至於「之乎者也」的「乎」字，很可能也是潮州話的「phu」字，意即北方話的「肏」，讀作「操」，例如「phu你阿媽（讀作「麼」）。

2. 卵

廣東話的「陽具」，有3種讀法，一是「撚」，香港人寫成「䦧」，有可能來自「卵」字。

不過，「卵」字的本義是「雌性生殖細胞」，得與雄性的精子結合後，才可產生後代。後可產生第二代。這說法似乎與「陽具」的意義不合。存疑。後泛指卵形的、橢圓形或圓形的東西。

第一個用「卵」字來罵人的記載，是《左傳・哀公十六年》，講述楚國貴族白公勝作亂，帶兵殺入首都，子西對大臣沈尹諸梁評論白公勝：「勝如卵，餘翼而長之。楚國，第（如果）我死，令尹、司馬，非勝而誰？」

「白」是「勝」的封地，子西則是他的叔叔。前者因國內政治鬥爭而流亡鄭國三十多年，後來政治平定了，子西召他回國，因此算是對他有恩。

白公勝劫走了楚惠王，意欲立他的叔叔子閭為楚王，子閭不肯登基，被殺。沈尹諸梁則帶兵打敗了白公勝，後者自殺。

「沈尹」是姓，「諸梁」是名，字「子高」，其封地在「葉」，劉向在《新序・雜事五》寫了「葉公好龍」的故事：「葉公子高好龍，鈎以寫龍，鑿以寫龍，屋室雕文以寫龍。於是夫龍聞而下之，窺頭於牖，施尾於堂。葉公見之，棄而還走，失其魂魄，五色無主。是葉公非好龍也，好夫似龍而非龍者也。」

3. 靠

第二種讀法是「尻」，又有寫成「鳩」，香港人則寫成「閌」，字典則作「屌」。由於「尻」和「鳩」另有其他意思，前者指的是「脊骨尾部」，或是「屁股」，後者則指某種雀鳥。因此，還是寫作「鳩」或「屌」比較精確。

這本來是「陽具」的意思。如果照前文講過，中文名詞、動詞不分的語法，則可推出它的本意可能是動詞。我想出來的是大家都很熟悉的「操」字。在河南，它讀作「靠」（kau），近年也常常在文字中看到。這可能就是「鳩」的本字。

在廣東話，有「濕閌」的說法，字面上的意思是「男人在非陰道性行為的情況下的射精」，這包括了夢遺、早洩、手淫等等。例如說，「濕閌點呃到老和尚」，意即小和尚手淫，瞞不了心中有數的老和尚，以喻新手的行為騙不了老江湖。

此外，「濕閌」也有「事情砸了」的意思。廣東人常會有「呢次濕了」之嘆。

有人說，「閌」特別指的是「軟的陽具」，而「戇閌」

則指「不應軟而軟的陽具」，也可以用來形容「戇直」更蠢的人。

廣東俗語有所謂的「閉掹掹」，「掹」音「fing」，即「條狀物呈搖擺的狀態」，例如說一條物件在「吊吊掹」。「閉掹掹」喻男人遊手好閒不做事。很明顯，只有軟的陽具，才可以「掹掹」

小時候常有的俗語是「戇閉閉，行路上廣州」，說的是1925年6月至1926年10月，十多萬工人參與「省港大罷工」，由於港英政府下令九廣鐵路停駛，參與者只能步行離開香港，到廣州去。

還有，廣東話的「賓周」，意即小孩子的未發育的性器官，通常說這來自古文的「不周」，即「不完全」。但我卻總覺得這說法不妥。這個「周」字是否出自前述的「kau」字呢？而「賓周」即是「笨周」？待考。

4. 日

第三個讀法是「柒」，香港人寫作「閪」，人們一直找不到出處，照上述法則類推，四川和雲南的「日」，即「入」的意思，是不是「柒」的起源呢？

有一種說法，是「柒」指的是「硬的陽具」，而「笨柒」則是「不應硬時卻硬了的陽具」。

記得在以前，人們會把用髮蠟把頭髮蠟得很硬，叫作「柒頭皮」。我推測，「柒頭皮」指的是「過長的包皮」，這當然不是一件好事，非但骯髒，而且會影響力生育，醫學上有需要割掉。

廣東人把「把事情弄砸了」稱為「柒」，而「柒左」則是其過去式。

5. 直與直娘賊

《水滸傳》中，「花和尚」魯智深很喜歡罵人「直娘賊」。在第三回中，他說：「直娘賊，還敢應口！」在第五回中：「那大王卻待掙扎，魚智深把右手捏起拳頭，罵一聲：『直娘賊！』連耳根帶脖子只一拳。」第十七回：「這直娘賊殺洒家，吩咐寺裏長老不許俺挂搭！」

「直娘賊」當然是罵人的話，但這究竟是甚麼含意呢？

百度百科的解釋是：「直」通「值」，是「賣」的意思。宋代鄉村裏一種不設座位的小酒肆，叫作「直賣店」，所以「直娘賊」的「直」取了「直賣」之意，是指「不知廉恥，把娘都賣了的狗賊。」

在今時今日，也有「直賣店」的說法。不過，把「直娘賊」的「直」字，變成為「不知廉恥，把娘都賣了的狗賊」，未免扯得太遠，而且在粗口之中，也從來沒有罵人「把娘賣了」的說法。換言之，這不符合粗口的慣例。

這其實很簡單，「日」在陝西省一帶唸作「zhí」，通常寫作「直」，「直娘賊」就是英文的「mother fucker」，逐字解釋就是「fuck mother man」，中文的「賊」字也帶有「壞蛋」的意思，不一定是「盜賊」。

日本人對「mother fucking」的行為，則稱為「芋田楽」，皆因芋頭是無性繁殖，從母體增生出來的芋子活像陰莖插進陰戶的模樣。

比較現代的說法則是「母娘丼」，又稱「親子丼」。

「母娘丼」指的就是「母子亂倫」這回事，不少AV以此為主題。

「親子丼」則是真有其食性，指的是先將雞肉用醬油、砂糖、味醂等調味料醃漬後，再以高湯煮過，最後淋上蛋液，擺到白飯上的蓋飯料理，因為同時使用雞肉、雞蛋，所以叫做「親子丼」。東京最有名的店叫「玉ひで」，地址在中央区日本橋人形町1-17-10，營業時間是11：30至13：00，晚上則是17：00至22：00，我去過一次，排了半小時隊，後因移動速度太慢，覺得絕望，跑了，沒吃。

屌、了、鳥

1. 屌

中文文法向來是動詞和名詞不分，兩者可以互用，例如王安石在〈泊船瓜洲〉那句有名的「春風又綠江南岸」中的「綠」字。同理，廣東話的「操」則會說成「屌」，這字原意是「陽具」，從名詞引申成為動詞，讀「diu」。

廣東人也偶有讀成「挑」（tiau），皆因誤把這讀法以為是「diu」的婉轉詞，然而，江西話也把這個字讀成「tiau」音。

中文本來就是動詞和名詞不分，這沒甚麼出奇之處。最大的懸念反倒是：這個字的出處為何？

2. 了

我在本書有一假設，就是上古時代的所有助語詞，都是性器官，和今天一樣。

百度百科對「了」字的說法是：「為象形字，一說象形兼會意。其本義不詳，現今又作為語助詞用，其本義便更加逐步晦而不明。其字源說法眾多，以下三種為常見說法……本義為走路時足脛相交……本義為門窗上的彎掛鉤……像是沒有雙臂的孩子（即“子”字沒有中間表示雙臂的一橫）；類似于此意還有孩子痙攣，手腳蜷曲，無法伸直；或小兒兩臂及兩足皆捆縛於繈褓之中，會收束之意等等。」

我不明白這些古文字學家為何有如此豐富的聯想力。話說小篆的「了」字，上面是一個圓圈，下面連著一條略彎的「直」線。照我看來，它活脫就是一副陰囊，下延一條陽具。

《鹿鼎記》中，目不識丁的主角韋小寶寫「小」字，點了兩點，中間一條，他笑說這豈不正是「那話兒」，其象形正與「了」字的小篆相彷彿。

3. 鳥

「了」究竟是不是「陽具」，只是我的猜想，沒有肯定的答案。可是，「鳥」指的是「陽具」，和廣東話的「屌」字同源，卻是肯定的。

在山東方言，「鳥」也是唸「diao」的三聲，這其中在《水滸傳》中，出現得最多，如鳥人、鳥官、鳥漢子、鳥歪貨、呆鳥等等。

第七回「花和尚倒拔垂楊柳／豹子頭誤入白虎堂」中，魯智深說：「你那伙鳥人，休要瞞洒家，你等都是甚麼鳥人，來這裏戲弄洒家？」

第三十回「施恩三入死囚牢／武松大鬧飛雲浦」中，武松說：「休言你這廝鳥蠢漢，景陽崗上那隻大蟲，也只打三拳兩腳，我兀自打死了。量你這個值得怎的！快交割還他！但遲了些個，再是一頓，便一發結果了你這廝！」

第四十一回「宋江智取無為軍／張順活捉黃文炳」中，李逵說：「好！哥哥正應著天上的言語！雖然吃了他些苦，黃文炳那賊也吃我殺得快活。放著我們有許多軍馬，便造反怕怎地！晁蓋哥哥便做了大皇帝，宋江哥哥便做了小皇帝。吳先生做個丞相，公孫道士便做個國師。我們都做個將軍。殺去東京，奪了鳥位，在那裡快活，卻不好！不強似這個鳥水泊裡！」

在元朝時代的戲曲《西廂記》中，紅娘等到張生來了，說：「那鳥來了。」

了、乎、兮

我講過，「了」字的甲骨文是「一圈下面有一鈎」，「乎」字的甲骨文是「一T上面有三小豎」，「兮」的甲骨文是「一T上面有兩小豎」，可見得，這三個字的的原狀十分相似。

我的猜測是，這三字在當時各有分工：

一，「了」指的是性交，主要是以男性為主體插入女性。

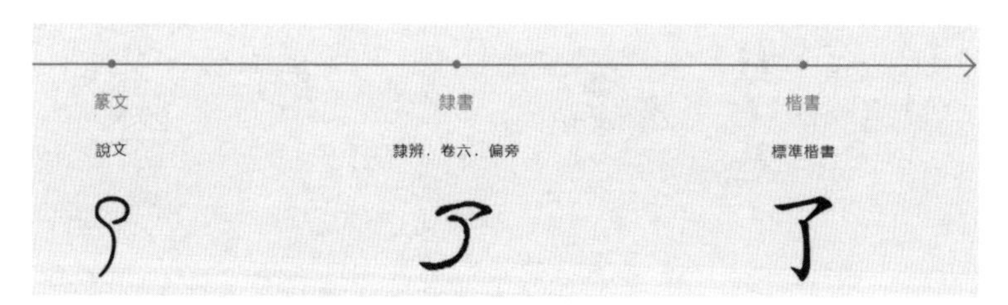

了 liǎo 來紐、宵部；來紐、篠韻、盧鳥切。

二，「乎」指的是陽具。

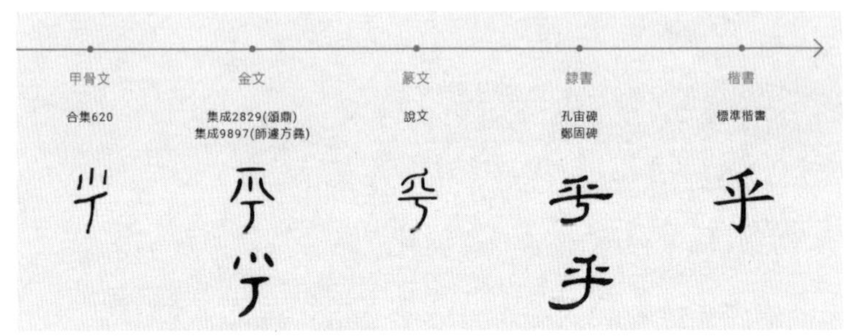

乎 hū【廣韻】盧吳切【集韻】【韻會】【正韻】洪孤切，太音湖。

三，「兮」指的是陰戶。

由於中文是動詞與名詞不分，隨著時日過去，其用法也已有了更廣泛的變異。

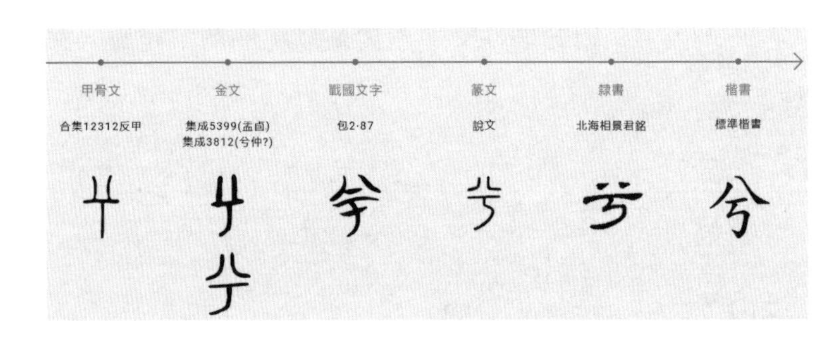

兮 xī【唐韻】胡雞切【集韻】【韻會】【正韻】弦雞切，音奚。

資料來源：中華語文知識庫

咸濕

1. Hamshop

廣東話有「咸濕」的說法，意即「好色」。但是，「咸濕」究竟是甚麼意思呢？

百度百科的說法是：「“鹹濕”這個俚語，年青一代只知其然，不知其所以然。《羊城晚報》的《晚會》版曾刊有識者的考證文章，謂“鹹濕”源於英語hamshop（滬人譯為“鹹肉莊”，指妓院）的譯音。“鹹濕”還有另外一個典故。話說清末時期，廣州的下層市民——苦力、工人、學徒等工餘找樂子，也要解決生理需要，彼輩全不理會天氣炎熱，常常渾身臭汗地鑽進妓院裡，炮寨（下等妓院）的姐兒事後少不了拿他們尋開心，笑話這些又鹹又濕的漢子“擒擒青”（魯莽急色），由是“鹹濕”融入淫穢下流的語境從妓院流出坊間。“鹹濕”後來簡化為“鹹”構成

“鹹片”、“鹹豬手”等俚語，它不但是粵人形容淫穢的獨特說法，還是一個很有趣的語言現象。眾所周知，漢語無所謂性、數、格，自然也沒有詞性陰陽之分，但在語境中還是有區別的。例如“鹹濕”僅指向男性，相對而言形容女性時，輕者叫“姣”，意思是妖媚，如“又怕生仔又發姣”，重者叫“淫蕩”。因此在粵方言中沒有“姣佬”或“鹹濕婆”的說法，倒不是現實中沒有這類角色，而是粵人不興這樣說。」

最近有很多網路的文章都說粵語“鹹濕”這個詞元出自英語hamshop，引起了我的興趣。查了一下各大詞典，居然找不到這個詞。搜了一下穀歌，發現連“鹹濕”的詞源也是不確定的。

在《知乎》，名為「布法羅比爾」的「美食家；頭等艙以及有趣的車和頂級酒店愛好者」，在2020年4月26日的說法則是：

「英語不存在hamshop這個詞。這完全是中國人在以訛傳訛。很多英語的詞源etymology討論中，都認為hamshop來自清朝末年去過廣州或者香港的英國人小範圍流傳的俚語，來自粵語。這個英文詞從來沒有用於指代“妓院”。

用來表示“妓院”的另外一個詞是"cattle shop"（牲口店），詞源學家認為可能hamshop用了這個詞來轉換，剛好有一個shop的喻意在裡面。大部分詞源學者都同意“ham”不可能在英語裡面暗喻“性”或者“妓女”，因為火腿明顯沒有cattle的鮮肉好。結論：hamshop這個小範圍流行的英國俚語來自粵語“鹹濕”，而不是反過來。」

另一位叫「木火通明」的回應說：

「咸濕來源於咸池這種說法比較令人信服。咸池在中國玄學中代表風流好色。說鹹濕來源於英語是以訛傳訛，因為這個詞通行於兩廣粵語區，而不止廣州一帶。試問如果是英語音譯過來，又怎可讓遠在梧州肇慶雲浮茂名等廣大山區的人也用這個詞呢？當時交通並不便利！我記得小時候那些八九十歲老人都知道咸濕是什麼意思，由此可見這個詞是相當古老的，不會是近代由英語音譯過來。」

布法羅比爾的回應是：

「粵語裡面用“鹹濕”來形容“下流”，“淫賤”，起碼在清朝以前就已經有了，絕對跟什麼外國人或者英語沒有半毛錢關係。我堂姨媽一百多歲，來自夏威夷，就很嫻熟地用這個詞，那邊的華人大多來自中山，而且對粵語的保留非常完善，沒有受近代的任何影響。美國的老僑甚至現在還有在說1930年代的粵語的。

2．濕

首先說「濕」。

中醫向來有「濕毒」的說法，意即一種隱藏在體內的毒性。例如說，「疹」是皮膚病的一種，給風吹到而生的叫「風疹」，生了會變成麻子（即廣東話說的「豆皮」）的叫「麻疹」，起膿疱的皮膚病叫「疱疹」，至於蘊藏在體內，自發出來的，就叫「濕疹」了。中國人認為，濕疹就是由濕毒而引發出來的「疹」，這些所謂的「濕毒」，也即是現代醫學所說的免疫力問題。

中國人也有所謂的「風濕」。「風」在古代中文，是「空氣」和「空氣流動」的意思，「風濕」就是因為空氣流動，例如說，打風下雨，引致了體內的「濕毒」發作出來，所以叫作「風濕」。

廣東人也有「陰濕」的說法，意即這個人會偷偷的去做一些不好行為。廣東人都知道，「陰濕」和「陰毒」是有著小許不同的，「陰毒」含有「毒辣」的意思，「陰濕」

則是一種性格、習慣，近乎病態。

總括而言，「濕」就是在體內累積的病源。

3. 好色病

到了這裏，「咸濕」的字面意思，也就呼之欲出了：雖然凡是男人，皆是好色，但如果那人比但比別人更加好色，而且還有隱藏不知的好色部份，而且更加是好色到了骨子裏，硬是到達了病態的程態，那就是咸濕了。

簡單點說，「咸濕」就是「好色病」的意思，而這種好色是深入心裏的，也近乎病態的。

4. 咸

那麼，究竟甚麼是「咸」呢？又或者說，「咸」為甚麼會和「好色」扯上關係呢？

我找不出確切的答案，畢竟，中國向來有「五行相尅」的說法，五臟六腑都有代號，例如說，脾氣，肝火盛，腎水不足，或者古時的「咸」在中醫的眼中，代表著「好色」，也說不定。

然而，在《易經》之中，第三十一卦叫「咸卦」，卻可能是一條線索。

5. 咸卦

在解釋甚麼是「咸卦」之前，我們首先快速地介紹一下，甚麼是「八卦」，甚麼是「六十四卦」。

大家知道，八卦的每一卦，均是由三條線組成的。每一條線，有兩種變化，或連著，或斷開，相連的就是「—」，斷開的就是「--」。在卦象上，相連的線「—」代表了「陰陽」的「陽」，而斷開了的線「--」，即代了「陰」。

所以，如果我們要占卦時，隨便找一樣東西，例如擲硬幣，正面代表了「陽」或「—」，反面則代表了「陰」或「--」，只要擲一次，就可以得出代表了一條線的卦象來。如果沒有硬幣，擲甚麼東西都成，甚至可以「猜程尋」，贏了是陽，輸了是陰，或者是從門後走出來的人，是男人還是女人，是單數還是雙數，都可以。所以，萬物都可以用來卜卦。

八卦則由三條線組成，因為三條線一共有8種變化，頭兩卦是乾卦（連連連），和坤卦（斷斷斷），是為之「乾三連，坤六斷」。其餘的6種變化是：震（斷斷連）、巽（連連斷）、坎（斷連斷）、離（連斷連）、艮（連斷斷）、兌（斷連連）。

用一枚硬幣，可以擲出一條線，餘此類推，把這一枚硬幣擲上三次，便可以得出三條線，也即是擲出八卦的其中一卦了。

在算命的世界，八卦可以代表了世間萬物，例如說：乾為天，坤為地，震為雷，巽為風，坎為水，離為火，艮為山，兌為澤。又例如說，乾為首，坤為腹，震為足，巽為股，坎為耳，離為目，艮為手，兌為口……數之不盡。在這裏，我們需要知道的，就是乾是父親，坤是母親，震是長男，巽是長女，坎是中男，離是中女，艮是少男，兌是少女。

八卦是3條線，而《易經》所載的六十四卦，即是八卦的複雜化，那是兩個八卦加起來，分成了上、下兩部份，每部份3條線，即是6條線，八八六十四，一共有64條線，即共有64種變化。

6. 取女

「咸卦」就是《易經》的第三十一卦，分別由上部份的

「艮」和下部份的「兌」合組而成。

前文說了，「艮」代表山，最高的山，兌卦代表「澤，濕潤的「澤」。此外，「艮」也可以指「少男」，兌也可以指「少女」。換言之，咸卦就是山和水合在一起，少男和少女合在一起。

《易經》說：「咸，亨利貞，取女吉。」

所以說，這是一支上上的姻緣籤，適合「取女」，即得到女人，自然也適合「娶老婆」。而照我，周顯大師的說法，「取女」不一定是代表了「娶老婆」，自然也包括了「溝女」，或「得到女人」。

解釋《易經》的《彖傳》說：「咸者，感也。柔上而剛下，二氣感應以相與，是以『亨利貞，取女吉』也。天地感而萬物化生，聖人感人心而天下和平。觀其所感，而天地萬物之情可見矣。」

換言之，這是一支感性和萬物化生之卦，也即是愛情和交合之卦。

好了，現在輪到看它的卦象了。

初六：咸其拇。

六二：咸其腓。

九三：咸其股，執其隨，往吝。（按：「股」是大腿，會放屁的那部份才叫「屁股」。「隨」和「隋」是同一個字，《說文》：「隋，裂肉也。」裂開的肉，就是「屁股」。順帶一提，當時的人認為屁股是大腿的附帶部份，故而引生出「附屬」之義，如隨從，跟隨。」

九四：貞吉，悔亡。憧憧往來，朋從爾思。

九五：咸其脢，無悔。

上六：咸其輔頰、舌。（按：臉蛋是頰，眼睛和耳朵之間是「輔頰」。）

按照字面的意思，依次就是：

1. 咸手指。

2. 咸小腿。

3. 咸大腿，跟著順勢去咸屁股，對方有點「吝」嗇，也即是有一些反抗。

4. 好兆頭，對方的後悔和反抗沒有了。對方十分迷惘，順從了你的意思。

5. 咸背部。

6. 咸臉蛋和舌頭。

在以上，我故意不去解釋「咸」，因為我不想誤導了其本意，而是想讀者自我體驗，也感覺出「咸」，就是「咸濕」的意思。

不消說的，「咸其舌」放在最後，相信也即是濕吻，因為這是體液交流，當然又比先前的各種「咸」又深了一層。

7. 甲骨文

「咸」字在古文，是「一同」的意思。《詩經・魯頌・閟宮》說：「敦商之旅，克咸厥功。」意即「參與討伐商國的軍人，全都可以獲得功勳。」《國語・魯語上》說：「小賜不咸。」意即「小的賞賜用不著人人有份。」

甲骨文和金文的「咸」字是右部是「戌」，也即是斧鉞一類武器，左下是「口」。這字的象形有很多不同的解法，百度百科說：「可視為以武力佔有土地，則地之所生、人之所產皆屬我有，故”咸”有皆、全之意。還有人認為“戌”這種兵器不是用於殺人而是為了表現貴族的威儀而製作的。則“咸”字的創意就可能與儀仗隊的行為有關。儀仗隊不但步伐整齊，而且口號響亮，所以就利用其全體發出一致而同樣的聲響來表達全部與一起的意義。

“吶喊”的“喊”字使用咸與口組合，應該是有所關聯的。」

我認為，這只是在刀斧之下，人們被迫齊心齊口，而不是心甘情願。引申下來，齊心齊口演變成男女關係，加上了「心」就成為「感」情了。

8. 腎水

從以上的解釋歸納起來，就是咸卦是一支很咸濕的卦象，而「咸濕」的來源就是「咸卦的濕毒」。

有一位叫「李泰璟」的讀者提出了「咸」和「腎」的關係：「咸味入腎經，因風流致病，大概都關個腎事。可能有德行的中醫把腎病／風流病美名為咸濕吧？」

在中國人的五行觀，甚麼都可以用金、木、水、火、土這五行去代表，所以，五行和五臟、五味是相通的：金是肺，是辛味，木是肝，是酸味，火是心，是苦味，土是脾，是甘味，至於水，則是腎，所以才有「腎水」的說法，而腎水則是咸味的。腎水代表了身體的液體，如尿、汗、淚、精液等，這些液體都是帶有咸味的，不消說，既然腎水包括了精液在內，它也包括了性能力。

如果風濕而因為風吹而引發起身體內的機能毛病，那麼，被引發出來的好色病，當然也是同腎有關，也就可以被稱為「咸濕」了。

至於《易經》中的咸卦究竟是不是和古時的陰陽五行也有關係，是不是來自腎水的「咸」，那就不得而知了。

無論如何，我很感激李泰璟讀者，如果說，我解決了「濕」這個字，則是他解決了「咸」這個字。「咸濕」的解法，我們各佔了一半。

我的這種解法，比起前人的所有解釋，都是合理得多，從來沒有一個人提出過比我這更合理的說法。說起來，前人的解法實在太過穿鑿附會，例如說火腿店ham shop就是妓院，苦力們滿身又咸又濕的臭汗去嫖妓之類，均是太過牽強，不值一提。

攸

1. 性交

「攸」字可解作「流水」，例如《說文》說：「作攸，行水也。」也有解作「居所」，例如《爾雅・釋言》說：「攸，所也。」不過，「居所」這解法我不大贊同。我的看法是，它應解作「性交」，即像「流水般的關係」。

《易經・坤卦》說：「元亨，利牝馬之貞。君子有攸往，先迷後得主，利。西南得朋，東北喪朋。安貞，吉。」

所謂的「牝」，即是「女性性器官」，「牝馬」就是「母馬」。「君子有攸往，先迷後得主」的意思，多半是指「貴族男子想找一夜情，初時找不到，後來終於找到了。」

我認為以上對「君子有攸往」的解法，相比前人所解的

「男人想找到家」，我的解法是切合得多。

2. 韓父

《詩經・大雅・韓奕》講述周宣王時期年輕的韓侯入朝受封、覲見、迎親、歸國和歸國後的活動。其中一段講述把女兒嫁給韓侯的「蹶父」的狀況：「蹶父孔武、靡國不到。為韓姞相攸，莫如韓樂。孔樂韓土、川澤訏訏、魴鱮甫甫、麀鹿噳噳、有熊有羆、有貓有虎。慶既令居、韓姞燕譽。」

以前的人把「為韓姞相攸、莫如韓樂」解作「把女兒嫁給韓侯，實在太開心了。」但這解釋不到為何要加上前文「蹶父孔武，靡國不到。」因此愚見認為，這段應解作「蹶父很精壯，到過很多地方遊歷，但還是覺得和韓國女人性交是最棒棒的。」至於最後一句，「慶既令居、韓姞燕譽」，則是「在韓國居住實在太開心，韓國妹子實在太令人歡暢了。」

3. 子矜

《詩經・鄭風・子衿》的文句是：

「青青子衿，悠悠我心。縱我不往，子寧不嗣音？青青子佩，悠悠我思。縱我不往，子寧不來？挑兮達兮，在城闕兮。一日不見，如三月兮。」

百度百科就此的譯文是：

「青青的是你的衣領，悠悠的是我的心境。縱然我不曾去會你，難道你就此斷音信？青青的是你的佩帶，悠悠的是我的思緒。縱然我不曾去會你，難道你不能主動來？來來往往張眼望啊，在這高高城樓上啊。一天不見你的面啊，好像已有三月長啊！」

「青青」的意思是「綠色」，這個相信不用解釋了。問題是，「悠悠」究竟是甚麼呢？從來沒有人解釋過。

《子衿》是《鄭風》的其中一首，而《鄭風》是有名的淫詩集中地，《論語・衛靈公》記述了孔子對鄭國詩歌的看法：「行夏之時，乘殷之輅，服周之冕，樂則韶舞。放鄭聲，遠佞人。鄭聲淫，佞人殆。」

對照上文，「悠悠」應解作「意圖與心慕的異性交合」。因此，「悠悠我心」應解作「我的心很想與愛人交合」。而這兩人並非合法夫妻關係，因而才用上了「悠」字。

因此，全詩的白話應解作：

「青青的是你的衣領，我心中很想與你交合呢！縱然我不曾去會你，難道你就此斷音信？青青的是你的佩帶，我總是想著同你交合。縱然我不曾去會你，難道你不能主動來？來來往往張眼望啊，在這高高城樓上啊。一天不見你的面啊，好像已有三月長啊！」

4. 遊、漢廣

有意思的是，「攸」和「游」均有「在水中流動」的意思，而讀音也完全相同。在日文，「遊女」有「妓女」的意思。「遊女」應出自《詩・周南・ 漢廣》：「南有喬木，不可休息。漢有游女，不可求思。漢之廣矣，不可泳思。江之永矣，不可方思。」這是一首樵夫愛上女人而求之不得的故事。

有說「游女」指的是「漢江女神」，也有說它指的是「出遊的淑女」，我不排除這些說法，不過補充一句，船上有妓女，是從古以來也常見的勾當。在當時，淑女出遊的機會率不高，而從後世的流行故事去對照，例如《賣油郎獨佔花魁》，低下階層愛上名妓是很常見的橋段，而有資格愛上名媛的，至低限度也是窮書生。所以，《詩・周南・漢廣》的主題應為「樵夫愛上妓女」，而非「樵夫愛上名媛」。

5. 塗山女

《大戴禮記》說：「禹娶於塗山氏之子，謂之『女憍氏』，產啟。」《帝王世紀》的說法是：「禹始納塗山氏女，曰『女媧』，合婚於台桑，有白狐九尾之瑞，到至是為『攸女』。」《連山易經》則說：「禹娶塗山之子，名曰『攸女』，生啓是也。」

古人把「攸」解作「居所」，因此，「攸女」的意思是「想找到家的女人」，意即「塗山女想找到歸宿，因而找上了大禹」。而我的看法則是，塗山女和禹只是霧水情緣，因而稱為「攸女」。

義與儀

1. 說文解字

《說文解字》說：「義，己之威儀也。從我、羊。」這書是東漢的作品，由文字學著手，先列出古字，再去解釋，其內容比前述的《釋名》可靠得多。

從這本書得知，這是由「我」和羔「羊」兩字合成的。由此我們可以派生出另一個問題：「我」和「羔羊」兩者之間，究竟有甚麼關係，可以合在一起，變成一字呢？

《周官》是戰國時期的作品，距離「義」字的形成期接近得多，因此亦更為可靠：「儀作義，古皆音俄。」

換言之，「義」就是「儀」，即是「儀式」的意思。

附帶一句，前述《釋名》一書的「義者，宜也」，就是從「儀」的同音字而來。

2. 義者，宜也

東漢末年劉熙在《釋名》說：「義者，宜也。」

向來「宜」字被認為是來自「俎」，即是案上放著肉，也即是「菜肴」，引申為「烹調」。也許，「宜」就是「義」的本字，商人用的儀式是「宜」，齊人用的儀式就是「義」。道理很簡單：案上放著肉，豈非正是儀式？再者，「宜」就是「適宜」的意思，「適宜」豈非也是「適合儀式」？

《禮記》：「天子乃與公、卿、大夫，共飭國典，論時令，以待來歲之宜。」最後一句比起通常語譯為：「以迎合明年的具體情況」。轉念去想，說不定它指的是「等待明年的祭典儀式」，這說法更為合理。

3. 作為儀式的解法

「義」字從「羊」、「我」，可以有3種解法：

第一是形聲字解法：漢朝經學家鄭玄在《周官注》說：「儀作義，古皆音俄。」換言之，「羊」是象形，也是其意思，「我」是音，讀作「俄」。換言之，「義」上面的「羊」字是「儀式」，而不是動物學上的「羊」。

第二解法的我並非讀音，而是「自己」、英文的「I」，法文的「je」，日文的「私」，即是「由我來主持儀式」，而不是「由我來把羊奉獻給神」。

至於第三種解法，則是「我把羊奉獻給神，而這羊代表了我」，而不是「由我來來作祭品奉獻給神」。

4. 義與秩序

前面說過，「義」就是「儀式」。無論是任何的儀式，都隱含了一種秩序。皇帝祭天，是因為「君命天授」，他是「天子」，是天的代表。我們祭祖，是因為我們是祖先的後人，沒有他們就沒有我們。

《禮記・中庸》「哀公問政」一段：「義者，宜也，尊賢為大。」正如前文，「宜」也即是「儀」，在「儀式」當中，「尊賢為大」。

要解釋這一點，我們必須假設親身到了某個儀式的現場，其站或坐的排列次序是有規矩的，並非由年齡決定，而是由社會地位所決定，這就是「尊賢為大」了。為甚麼「賢」才是「大」，而非由權力高低去決定呢？其實到了現代，排列席次，也往往是「尊賢為大」，例如大學校長的地位往往高於地產大亨，假設楊振寧和李嘉誠同時出席，往往也由前者先「上座」，這是禮貌和尊重，如果單用權力和財富去決定地位，那是很沒禮和「沒品」的做法，從古到今，皆是如此。

換言之，「義」作為「儀式」，能夠代表了包含了：忠、孝、仁等等以至於整個社會的秩序。因此我們有「忠義」、「孝義」、「仁義」等等不同的用法，意即「忠的秩序」、「孝的秩序」、「仁的秩序」，因此「義」也即是「order」，意含了整個社會的秩序，《孝經》說：「夫孝，天之經，地之義也。」也就是這個意思。

正如前述儀式中的「尊賢為大」，只是理想的做法，在現實中並不一定（或一定不）存在。

5. 日常用法

所謂的「捨身取義」，就是為了社會的秩序，不惜犧牲性命。必須注意的是，「義」和現代習慣使用的「社會秩序」有著根本性的分別：「義」意含的秩序是理想性的，「義士」、「義民」們是為了理想中的秩序而捨身，就是「義舉」。

例如為了革命，就是「為了義而挺身而出」，即「起義」。人們為了對被破壞社會秩序而負責，則要死節、殉難，是以《禮記・禮運》說：「故國有患，君死社稷謂之義。」

所謂的「見義勇為」，即是人需要為維持社會秩序而挺身而出，所以《論語・為政》說：「見義不為，無勇也。」

義與 substitute

1. 釋名

中文當中，最難解釋的字，當為「義」字。此字洋鬼子無法翻譯，只能音譯，然後用上一大堆文字去作解釋。

「義」字之難以解釋，是因為它的牽涉範圍太廣：仁義、義氣、義肢、義父、意義……

這些好像是互不相關的意思，卻用上了同一個字，這其中一定有條看不到的線，把所有的意思連成一起。本文用的是排比法：把有這個字的詞語列出來，作出比較，從其公因數得出其意思來。

2. 義帝、義乳、義肢

秦國滅楚後，把楚國的王室成員都殺光了。秦始皇死後，群雄群起反秦，其中一個是楚國以前的將軍項梁。他起事後，找到了楚國貴族熊心，捧了後者當楚國國王，是為「楚懷王」。後來，六國聯軍消滅了秦國，當時項梁已死，由他的侄兒項羽繼任。項羽推熊心為皇帝，是為「義帝」。「義帝」，即是「假皇帝」，因為「真皇帝」就是掌握軍權的項羽本人。

同樣地，「義」乳、「義」肢，都有假的意思。

但是，「義」和「假」其實是截然不同的兩字。我找某人冒稱是父親（且不管我有何理由樣做吧），他是我「假父親」，但非「義父」，因為前文說了，「義」並不是「假」，是「以假作真」，因此，我要把「義父」當作為「真父親」。

例如，金毛獅王謝遜，即是張無忌的義父，而張無忌是把謝遜視作真正的父親，因此才會後來重回冰火島，迎接這位「義父」回到中土。

同樣道理，項羽在禮儀上也非得把「義」帝當作「真皇帝」，兩人相見時，項羽必須向「義」帝行以真皇帝之禮。拍笑片時，有些女星罩上假乳房，以作搞笑的效果，這決不能稱作「義乳」，只有那些割掉了乳房，把假乳房當作真的使用，才能叫作「義乳」。「義肢」亦作如是解。

3. Substitute

總結前文，我們知道「義」即「substitutc」，其中有著「相等於」和「近似」的意思，但不是「假」，而是「以假作真」，即是把它視同真的一樣，忘記了本來是假的。

中文的「意義」、「定義」、「奧義」、「義理」、「微言大義」，總括而言，都不外是「相同的意思」而已。孔安國《尚書序》說：「以所聞伏生之書，考論文義，定其可知者，為隸古定。」用實證去說明：我們去詮釋X的意義、定義、奧義、義理、微言大義，同樣都是用另一段「近似」的文字，以「substitute」X的內容而已。

例如說，人生沒有意義意即：人生＝甚麼都沒有。暗殺拳的奧義是殺人於無形，意即暗殺拳＝殺人於無形。微言大義意即：微言＝大義。雖然這等式並不完全對等，但由於是substitute，因此也可假想作為完全對等。

4. 義氣

「義」所述說的「秩序」，只是是幻想性的存在，朋友相交就叫「義」，是幻想性的存在、是沒有法律根據的秩序，是建基於沒有親屬關係、也沒有法律關係的幻想關係，但卻又以假作真，而這種關係，就是「義氣」。

我們知道，古時禮教嚴密，君臣的關係是「忠」，父子的關係是「孝」，兄弟的關係是「弟」，而以上的三種關係是很明顯，用不著解釋的。你天生是你父親的兒子，如果你為某為君主打工，你就是他的臣子。但是，朋友相交，其關係是沒有「合法基礎」的，因此，我們只能「以假作真」，把本來沒有的關係附會成有，這就是「義」。所謂的「結義」，就是把這種「以假作真」的關係形式化了，「義兄義弟」，劉關張桃源三結義，由此而起。

民間的結義習慣是「斬雞頭」，也是把雞當作自已，歃血為盟也是一樣，意即用自己的性命來建立儀式上的關係，當然不能真的自殺，於是便找雞來宰，或者是自己流一點點血，以作代替。這正如黑社會的「義氣」，這令到男人之間為了不存在的「義氣」，可以讓利、可以拼命，甚至可以共同赴死。

至於善長仁翁為了慈善而建造的殮房，稱為「義莊」，免費供學童就的學校，稱為「義塾」，例如《三國志・張魯傳》說：「諸祭酒皆作義舍，如今之亭傳。」由於施者和受者並無任何關係，只是因這殮房、學校而建立的關係，而這關係也是基善心而非實質的理由，因此也用上了「義」字，這好比廣東話說的「揼義氣」。

羊與義

1. 羊與我

東漢時代的許慎在《說文解字》釋「義」說：「從我、羊」。清朝學者段玉裁在「我」和「羔羊」作為「儀式」，是古代祭祀常見的做法，不但見於中國，也見於其他國家。簡單點說，就是把「羔羊」宰掉，奉獻給神祇。

但這種做法，跟「我」又有甚麼關係呢？

說穿了，神祇要的並非是「羔羊」，而是「我」。祂並非喜歡吃羊，之所以把羊奉獻給祂，是因為人們要把自己奉獻給神，但當然不能真的把自己殺掉，於是唯有找一頭「代罪羔羊」，以代替自己，這就是祭祀「儀」式的過程，也就即是「義」的本「義」。

從古以來，羊都是被視作犧牲品、祭祀的牲口，正如前文所謂的「代罪羔羊」，正如在《舊約聖經》中，羊就是用來作為「孝敬」耶和華的。問題是：我是中國人，知道中國人並非養羊的民族，我們也沒有用羊來奉獻給神靈的習俗。那麼，「義」字的「羊」，「我」兩字，既不是「我奉獻羊給上面」，也不是「用羊來代替我來作奉獻」，而一定是另有意思。

本文就是找出這一重更深入的意思。前文把「義」訓作「substitute」，本文則把這訓法的來源作出進一步的探討。

2. 羌族

古代中原的人雖不養羊，但卻有一個善於養羊的外族，一直與華夏人共處。這裏我故意使用「華夏」，因為當時既沒有中國，也沒有漢唐，故此只能用「華夏」二字，用以區分古中國人和外族。

那個養羊的外族，就是「羌」。「羌」就是「羊」和「人」二字所合成，《說文解字》：「羌，西戎牧羊人也。」羌人之所以以羊為特徵，正好反證出華夏人之不善養羊，否則人人都懂得牧羊，羌人也就不能以羊為標記了。

羌人向來在中國的西部居住，前引《說文解字》已說過他們是「西戎牧羊人」，直至漢末，他們仍是主要居於陝西，我在武俠小說《五胡戰史》中，創作出《羌人黨》，其大本營便是在陝西的天水。華夏文化雖源出自河南省一帶，周朝卻是出自陝西省，當時的文化水準遠低於中原的商民族。

周武王伐殷，最大的幫助便是「呂尚」，既是中國人無不熟悉、那位在《封神榜》中釣魚，願者上釣的姜太公、姜子牙是也。「姜太公」的「姜」字，恰好證明了他是羌人的首領，同周人聯合一起，推翻了商朝。由於姜太公的地位重要，周武王特別封了他在中原的中心，手握重兵，壓制著商朝的遺民，首先擊敗了支持商朝的東夷「萊」人，管蔡之亂時，他也是出兵平定的主力，由此可以顯出他的地位的超然。

3. 姜太公

普遍認為，羌人的文化水平遠低於華夏，就對商人而言，這是毫無疑問的。但武王伐紂時的周人遠居西方，其水平縱不低於羌人，恐怕也高不了多少。我認為，姜子牙所率領的一支羌族應該是文化水平較高的，因此他才能當上文武二王的「首席智囊」，《史記・齊太公世家》說：「天下三分，其二歸周者，太公之謀計居多。」

我的看法是，姜太公所率領應該是羌人中文化水平較高的一支，後來和他一起定居於齊地。

4. 齊魯文化

武王向商紂王「宣戰」時，《史記・齊太公世家》記載：「明日，武王立於社，群公奉明水，衛康叔封布采席，師尚父牽牲，史佚策祝，以告神討紂之罪。」這儀式當中，只有姜太公一人是「外人」，由此可見，在禮儀方面，他是專家。

當他成立了齊國後，「太公至國，脩政，因其俗，簡其禮，通商工之業，便魚鹽之利，而人民多歸齊，齊為大國。」這證明了齊國的禮儀也是由他所訂。大家知道，在春秋戰國時代，齊魯就是整個文化禮儀的中心，「義」字之既為「儀」的原寫，它出自齊國文字是很有可能的。所以，來自羌人的「羊」、「我」便變成了「義」了。

後世所用的禮儀主要來自齊國文化，皆因齊國和魯國是周朝時的禮儀中心。所以漸漸地，齊國用的「義」字代表了「儀式」，而商人常用的「宜」則變成了日常用語，這就是「適宜」了。

5. 羊與好

因為羌人是「羊民族」，他們崇拜羊，故此「羊」字部首的字，不一定是作「羊」字解，而是它根本就有圖騰、儀式的意思，也可以作「大」、「好」，即是英文的「good」，日文常常無故在名詞之前加上「御」，即「お」、「ご」，羌人的「羊」也有這作用。因此，「羊」就是「吉祥」的「祥」的本字，《漢元嘉刀銘》：「宜侯王，大吉羊。」再舉例如下：

傳統上「美」解作「大羊」，意即「大隻的羊」就是「美」。坦白說，我真不明白原來古人解說的「羊大則美」有何美之處，我就認為小羊的毛較軟，肉較嫩，比大羊更勝。用我前述的解釋，「big good」不是「大的羊」，而是最大的、最好的，就是「美」了。

「羊」、「次」，即不是最好的，而是「次好的」，對於「最好的」，則只有「羨」慕的份兒。「善」是「羊」

加「言」，這並非一般人說的「羊說的話」，而是在儀式上說的「好話」。

道可道，非常道

1. 甚麼是道？

「道」這個字其實並不難解，根據百度百科，「道」的定義是：「是萬事萬物的運行軌道或軌跡，也可以說是事物變化運動的情況。一切事物非事物自己如此，日月無人燃而自明，星辰無人列而自序，禽獸無人造而自生，風無人扇而自動，水無人推而自流，草木無人種而自生，不呼吸而自呼吸，不心跳而自心跳，等等不可盡言皆自己如此。因一切事物非事物，不約而同，統一遵循某種東西，無有例外。」

維基百科的說法也差不多：「道是天地萬物的演化運行機制，中國哲學的信念之一。認為道決定了事物『有』或『無』、以及生物『生』或『死』的存在形式； 從無到有、從有到無和周而復始的自然現象，是萬事萬物在道協同作用下所產生的結果；「人法地，地法天，天法道，道法自然」的理念有兩種解釋，主流是當時的「自然（itself）」不是今日的「自然（Nature）」，而是「自然而然」，「道」雖是生長萬物的，卻是無目的、無意識的，它「生而不有，為而不恃，長而不宰」，即不把萬物據為己有，不誇耀自己的功勞，不主宰和支配萬物，而是聽任萬物自然而然發展着。

疑後代禪宗則解釋為「道」效法「自然」（今日用語），應為誤解。另一種解釋，堅信人受地的制約、地受天的制約、天受道的制約，道受自然的制約；奉行順其自然，無為而治的價值觀。」

用這定義，則我們可以說：無論做甚麼事，都不能違反物理定理、科學原理，這就是「道」了。

2. 道作為路徑

寫本文的理由在於，為甚麼會使用「道」這個字，來表達自然的科學原理？

要知道，漢字的「道」，有多個不同的含意，其中最基本的，指的是人和車行走的路徑，在甲骨文已有了此字。

《左傳・昭公十三年》：「晉侯會吳子於良，水道不可，吳子辭乃還。」

我們可以把「道」，或者是路徑，視為法則：人們從A地去月B地，必須依著路徑而走，這是物理定理、科學定理，所以古人用「道」這個字來作形容、來作假借。

同樣原理，我們也可把「道」這個字來形容人為的法律：你不依這道路走，可能會坐牢。而在科學上，我們也會用上「路徑」（path）去形容電腦運作，維基百科說：

「路徑是一種電腦檔案或目錄的名稱的通用表現形式，它指向檔案系統上的一個唯一位置。指向一個檔案系統位置的路徑通常採用以字串表示的目錄樹分層結構，首個部分表示檔案系統位置，之後以分隔字元分開的各部分路徑表示各級目錄，最後是該檔案／資料夾。

分隔字元最常採用斜線（／）、反斜線（＼）或冒號（：）字元，不同作業系統與環境可能採用不同的字元。路徑在電腦科學中被廣泛採用，用以表示現代作業系統中常見的資料夾／檔案關係，在構建統一資源定位符（URL）時也必不可少。資源可以採用絕對路徑表示，也可採用相對路徑表示。」

3. 道可道

現在說到老子《道德經》的第一句：「道可道，非常道。名可名，非常名。」根據1973年在馬王堆漢墓三號墓中出土的帛書版本的《道德經》，其原文則是：「道，可道也，非恒道也。名，可名也，非恒名也。」

百度百科對此的解釋是：「後人在詮釋這句話時，產生了歧義。在北宋以前，主要有三種不同的詮釋：

「（1）道若可以言說，就不是永恆常在之道。

持此種觀點的人為《老子》注家的主流。從戰國末期的韓非，到西漢嚴遵、東漢河上公、曹魏王弼、唐代成玄英、陸希聲等人，都主張道不可言說，主要是為了體現美感。

「（2）道可以言說，但不是人間常俗之道。

唐代李榮說："道者，虛極之理......以理可名，.稱之可道，故曰吾不知其名，字之曰道。非常道者，非是人間常俗之道也。人間常俗之道，貴之以禮義，尚之以浮華，喪身以成名，忘己以詢利，失道後德，此教方行。今既去仁義之華，取道德之實，息澆薄之行，歸淳厚之源，反彼恒情，故曰非常道也。" 李榮把"常道"解釋為"常俗之道”，認為老子之道不是常俗之道（儒家）。司馬光的詮釋接近第二種觀點。司馬光說：‘耳世俗之談道者，皆日道體微妙，不可名言。老子以為不然之所謂道者曰道亦可言道耳，然非常人之所謂道也。......常人之所謂道，凝滯於物。”司馬光跟李榮一樣，都主張道可以言說，都不從本體的意義上詮釋“常道”。這是他們的一致之處，也是他們跟絕大多數《老子》診釋者不同的地方。但他們二人對“常道”的具體解釋，一個指人間常俗之道，一個指常人所謂的道。雖然二者的字面意義相差無幾，但實際內涵則大不一樣。李榮作為一個道士，他所說的“常俗之道”，從其解說來看，顯然是指儒家的仁義禮教。’而司馬光作為一個正統的儒家學者，他不可能認同道士李榮的觀點。他對老子之道與常人之道的區分，是從認識水準來說的。他批評平常人所謂的道“凝滯於物”，是說平常人的·認識局限於具體事物，只能認識表現具體事物中的“道”，而不能超越具體事物，認識道休之大全。

「（3）道可以言說，但道非恒常不變之道。

唐玄宗說：“道者，虛極妙本之強名也，訓通，訓徑。首一字標宗也。可道者，言此妙本通生萬物，是萬物之由徑，可稱為道，故雲可道。非常道者，妙本生化，用無定方，強為之名，不可遍舉，故或大或逝，或遠或返，是不常於一道也，故雲非常道。”唐玄宗把“非常道”解釋為“不是常而無不變之道”，認為老子之道是變化無常的。」

這即是說，他們全都把「道」當作是「言說」解。

4. 兩解孰先？

「道」字作為「言說」解，可追溯到西周時代。《詩經・鄘風・牆有茨》說：「牆有茨、不可埽也。中冓之言、不可道也。所可道也、言之醜也。」可是，「道」這個字作為「路徑」解，其歷史也不會短於「言說」解。

《詩經・小雅・大東》說：「有饛簋飧，有捄棘匕。周道如砥，其直如矢。君子所履，小人所視。睠言顧之，潸焉出涕。」語譯為：「農家圓簋裏雖然盛滿熟食，上面卻插着棘枝做的彎匙。通京大道如磨刀石般平坦，又好像射出的箭一樣筆直。王公貴族們可以漫步其上，草民百姓只能兩眼空注視。我悲憤滿懷回顧起這些事，情不自禁潸然淚下衣衫濕。」

5. 常道

「瓦罕走廊」是位於帕米爾高原南端和興都庫什山脈北段之間的一個山谷，海拔四千米以上，東西走向，長約四百公里，三百公里在阿富汗，最寬處約75公里，一百公里在中國，寬約3至5公里，最窄處不足1公里。

這是歐亞大陸的天然通道，中國通往中亞的要道，也是當年絲綢之路的一部分。西元前327年，阿歷山大大帝（西元前356年至前323年）東征亞洲，便是循此走廊前往南亞。627年，佛教僧人玄奘（602年至664年），也即是有名的「唐三藏」啟程赴印度習佛法、取經書，來回也是經過瓦罕走廊，現時在其中國部分矗立石碑，正面刻有大字：「大唐高僧玄奘經行處」。

這天然通道，是人力無法製造出來的，也即是《老子》所說的：「道可道，非常道。」我的解釋是：「可以用人力打造出來的道，就不是永遠的道。」反過來說，像瓦罕走廊，就是「常道」了。

6. 非常道

從邏輯推論，即然有「常道」，必然也有「非常道」。

那麼，究竟甚麼是「非常道」呢？

西元前221年，秦始皇統一六國。明年，下令修築以咸陽為中心的、通往全國各地的馳道。《史記・秦始皇本紀》說：「二十七年，始皇巡隴西、北地，出雞頭山，過回中。焉作信宮渭南，已更命信宮為極廟，象天極。自極廟道通酈山，作甘泉前殿。築甬道，自咸陽屬之。是歲，賜爵一級。治馳道。」

所謂的「馳道」，即是供馬匹快速奔「馳」的主幹「道」，這是人為的，所以是「非常道」。事實上，到了漢朝時，馳道已然崩壞，《漢書・食貨志》記載：「漢初，接秦之敝……天下既定，民亡蓋藏，自天子不能具醇駟，而將或乘牛車。」身為皇帝也找不全四匹同色的馬，馳道也沒有繼續存在下去的價值了。

然而，雖然人造出來的「道」並「非常道」，但只要它是主幹線，也可以稱為「道」。還有一點，「道」不一定是寬闊易走，只要它是最重要的通道，仍然可以稱為「道」。

《史記·范睢蔡澤列傳》說：「棧道千里，通於蜀漢，使天下皆畏秦。」所謂的「棧道」，意即在懸崖峭壁修建的通道，當然並不好走，但至少是有路可通。秦棧道分佈在秦嶺、巴山、岷山之間，整個網絡總長度有數百公里。

漢朝則有嘉陵故道、褒斜道、讜洛道、子午道等4條棧道通往四川。以褒斜道為例，長250公里，路面寬3米至5米，由於高山與峽谷之間興建，只有因地制宜，鑿山為道、修橋渡水、木柱支撐於危岩深壑，採用了多種當時最先進的工程技術。

7. 總結

歸納上文，「道」字，是一個比喻：人們要從A地去B地，必須沿著道路而走，這正如人們不管做甚麼事， 這等於是說，我們無論做任何事，都必須依循著某些基本原則。這基本原則，就是「道」。

科學是自然法則，是「常道」，法律是人為法則，可以隨著人的意志而改變，因此是「非常道」。你不能自我製造出「常道」，只能造出「非常道」，這正如人類為事物取的名字，也是可以改變的，不同的民族會對不同的事物冠以不同的名字，這就是「名可名，非常名」。

因此，《道德經》的「道」字作「路徑」解，應比作

「言說」解更為合理。

禮、仁、廉、孝

1. 有始有終

說到這裏，順帶一提、「禮」、「仁」和「廉」、「孝」、「恥」的定義。我對這5字並沒有甚麼獨得之見，只是既然說了這麼多，不如把其他的都說出來，以圖「有始有終」，廣東話說的：「好頭好尾」。

2. 禮

「禮」是西方沒有的概念，通常音譯為「li」。

甲骨文的「禮」字指的是祭神的儀式，後來引申為「獻上敬意的物品」。到了周朝，進一步把這儀式規範化，從祭神儀式推演到貴族的所有行為，例如《論語顏淵》記述孔子對其弟子顏回的教誨：「非禮勿視，非禮勿聽，非禮勿言，非禮勿動。」

這即是說，貴族，即「君子」，必須在日常生活中的一言一行皆符合「禮」。維基百科的說法是：「儒家使用的一個概念，指上下有別，尊卑有序等。主要推崇西周的社會觀念。」

3. 仁

「仁」這個字並沒太大的難度，皆因它是「二人」所組成，《說文解字》說：「仁，親也。從人，從二。」換言之，即是「人與人的相處」，又或者是「人與人相處的最理想境界」。《論語・顏淵》：「樊遲問仁。子曰：『愛人。』」

《論語・顏淵》又說：「顏淵問仁。子曰：『克己復禮為仁。一日克己復禮，天下歸仁焉。為仁由己，而由人乎哉？』」

所謂的「克己」，即是「自我約束」，也即是英文說的「self-restraint」。

4. 廉

《儀禮·鄉飲禮》說：「設席于堂廉東上。」鄭玄注：

「側邊曰『廉』。」《九章算術》說：「邊謂之『廉』，角謂之『隅』。」《說文解字》說：「堂之側邊曰『廉』，故從廣。天子之堂九尺，諸侯七尺，大戶五尺，士三尺。堂邊皆如其高。」

所以，把側邊隔開的布，就叫「簾」，如「窗簾」。

由於大堂的「廉」，地勢會稍高，因此會有稜角，是以廉又指「稜角」，例如《周官》說：「進而眡之，欲其幬之廉也。」

既然有稜角，又不從於眾，因此可以用來形容有節操、正直的人。例如《論語・陽貨》說：「古者民有三疾，今也或是之亡也。古之狂也肆，今之狂也蕩；古之矜也廉，今之矜也忿戾；古之愚也直，今之愚也詐而已矣。」《莊子・雜篇・讓王》說：「人犯其難，我享其利，非廉也。」古時衙門的大堂牌匾也有「公正廉明」四字。

而「價廉物美」，並不指是「便宜」，其實指的是「價格公道」。

5. 孝廉

漢武帝時，設立了「孝廉」的察舉制度，意即在民間找出「孝順親長、廉能正直」的人士，到政府當官。到了明朝和清朝，「孝廉」這名詞也成為了對科舉制度的鄉試中試者「舉人」的雅稱，俗稱則是「老爺」。

中國人所謂的「孝」，並不止於對父母恭順。《孟子・離婁上》說：「不孝有三，無後為大。」東漢未年經學家趙歧在《十三經注疏》的解說是：「於禮有不孝者三事，謂阿意曲從，陷親不義，一不孝也；家貧親老，不為祿仕，二不孝也；不娶無子，絕先祖祀，三不孝也。三者之中，無後為大。舜懼無後，故不告而娶。君子知舜告焉不得而娶，娶而告父母，禮也；舜不以告，權也：故曰猶告，與告同也。」

查孟子並沒有說過「不孝有三」究竟是甚麼，不過在《離婁下》則說過「不孝者五」：「世俗所謂不孝者五：惰其四支，不顧父母之養，一不孝也；博弈好飲酒，不顧父母之養，二不孝也；好貨財，私妻子，不顧父母之養，三不孝也；從耳目之欲，以為父母戮，四不孝也；好勇鬥狠，以危父母，五不孝也。」但這「五」又沒有包括「無後」在內。

話說回來，古代中文的數字是約數，「三」不一定真的是準確的數字「3」。《孟子》是其門人輯錄他的言行而寫成，一個人說的話的嚴謹度應比不上他所寫的字，所以孟子說的「不孝有三，無後為大」也許只是隨口所言，當不得真。

無論如何，古人所說的「孝」，包括了品行端正，不令到父母和家族惹上麻煩，不要飲酒貪財、好勇鬥狠，更加要努力上進，不能懶惰，所以這些也是選拔官員的必要條件。

恥、羞、辱

1. 定義

既然寫了禮、義、廉，就不能不寫「恥」，否則就是「無恥」了。

「恥」字在《說文解字》中，解作：「辱也。」英文通常譯作「shame」，如果在維基百科中搜尋，則會導向到「羞恥」：「是一種因隱私遭侵害，或經歷不榮譽、不成功及不得體等事件而察覺到自己無法符合社會預期或規範，所產生的尷尬或暴露情緒。驕傲經常被視作羞恥的相反。」

日文維基百科的「恥じらい」則引用了聖心女子大學教授菅原健介的說法，認為包括：「全體的自己非難」、「回避・隠蔽反応」、「孤立感」、「被笑感」4種心理狀況。菅原健介在1998年出了《人はなぜ恥ずかしがるのか 羞恥と自己イメージの社會心理學》和在2005年出版了

《羞恥心はどこへ消えた?》兩本專著。

《詩・小雅・賓之初筵》的原文是：「凡此飲酒，或醉或否。月既立之監、或佐之史。彼醉不臧、不醉反恥。式勿從謂、無俾大怠。匪言勿言、匪由勿語。由醉之言、俾出童羖。三爵不識、矧敢多又。」

百度百科的語譯是：「總的來講吧飲酒這件事情，有人保持清醒有人醉糊塗。一般都要現場設立監酒官，有的還輔設個史官來監督。有人喝酒喝醉了當然不好，也有人喝不醉反倒不滿足。好事者不要再殷勤勸酒了，別讓好酒之輩太放縱輕忽。不該說的話不能張口就來，無根無據的話不要瞎禿嚕。喝醉酒之後胡說八道的話，罰他拿沒角的小公羊賠罪。三杯酒就認不清東西南北，哪裡還敢讓他再多灌幾杯？」

我對「不醉反恥」的譯法是「不喝醉反而不禮貌，被別人看不起的事。」

《呂氏春秋・順民》說：「越王苦會稽之恥。」意即越王勾踐被吳王夫差在會稽山之戰中打敗後，成為了吳國的臣屬國，而勾踐一直認為此事令他在別人的眼中抬不起頭來。

2. 有恥與知恥

《論語・子路》說：「子貢問曰：『何如斯可謂之士矣。』子曰：『 行己有恥 。』」換言之，「有恥」是自覺，不做出令別人看不起的事。

「知恥」的意思和「有恥」差不多。《禮記・中庸》：「力行近乎仁，知恥近乎勇。」

3. 無恥與少恥

所謂的「無恥」，即是「不怕被別人看不起。」這也是「人格卑下」的意思：既然不怕被看不起，那就甚麼壞事都可以做了。

因此，《穀梁傳・襄公二十九年》說：「禮，君不使無恥，不近刑人。」即是說，領主不應任用沒有人格卑下的人，也不可以接近罪犯或釋囚。

至於《孟子・盡心上》那句有名的話：「人不可以無恥，無恥之恥，無恥矣。」意即：「人不可以連甚麼是沒人格也不知道，如連甚麼是人格也不知道，那就真的是最卑下的事了。」如果要用一個比喻的說法，可以說：打劫是無恥的事，縱然是劫匪，也應有此自知之明。如果有人這也不知，反而覺得打劫也沒甚麼，甚至得意洋洋，這才是最無恥的。

《國語・越語上》說：「寡人聞古之賢君，不患其衆之不足也，而患其志行之少恥也。今夫差衣水犀之甲者億有三千，不患其志行之少恥也，而患其衆之不足也。今寡人將助天滅之。」

「其志行之少恥也」，字面意思即「他們的人格卑下」，如果套在軍人的身上，則是「沒有軍心」。

4. 知恥

《中庸・二十章》說：「好學近乎知，力行近乎仁，知恥近乎勇。知斯三者，則知所以修身；知所以修身，則知所以治人；知所以治人，則知所以治天下國家矣。」

在這裏，「知恥」即是「自矜人格」，不會作出令自己減低人格的事。

5. 羞

前文說到，「恥」和「羞」、「辱」兩字的意思近似。

根據百度百科的「羞」條：「最早見於甲骨文，其本義是進獻，即《說文解字》：“羞，進獻也。”後引申為難為情、羞恥等義……甲骨文早期“羞”字的形體，一邊是“羊”，一邊是“手”，左右結構，原象用手持（捉、趕）羊作進獻之意。在後期甲骨文中，“羞”的形體變作上羊下手結構，還是獻食之意。」

換言之，這是中文成語「珍饈百味」，「美食」的意思。《左傳・隱公三年》記載了「周鄭交質」的著名故事：「苟有明信，澗溪沼沚之毛，蘋蘩蘊藻之菜，筐筥錡釜之器，潢汙行潦之水，可薦於鬼神，可羞於王公，而況君子結二國之信，行之以禮，又焉用質？」

在這裏，「可羞於王公」即是「進貢美食給君主」的意思。

百度百科續說：「到了秦始皇統一六國推行“書同文”後，“羞”在小篆階段發展為上“羊”下“丑”（原來的“手”變作“丑”）的構形，把原來的會意字訛變為以“羊”表意，“丑”表音的形聲字，除了“進獻”之義外，已轉喻為“羞愧”、“難為情”等義。不僅字形已變，詞義也已擴大。」

我估計，「羞」原本是有音無字的俗語，甚至連本來的音也不同，只是見到此字的字形適合，因此假借來作「難為情」的意思。

6. 辱

雖然有「羞辱」、「羞恥」、「恥辱」等名詞，但中文，單一個「羞」字，在感情的程度上，遠比不上單一個「辱」和「恥」。不過現代中文已很少用單字了。

也是根據百度百科：「辱是漢語常用字，最早字形見於商代甲骨文。辱本指耕作，這個意思被後起的"耨"字所取代。誤了農時，耽擱了耕作大事，有殺頭之罪，所以"辱"字又有"羞恥"之義。又指使人受到羞辱，用作動詞。」

「辱」字又常常和「侮」字連在一起，百度百科說：「不過侮程度輕，辱程度重。《史記・淮陰侯列傳》"淮陰屠中少年有侮信者，曰：'若雖長大，好帶刀劍，中情怯耳。'眾辱之曰：'信能死，刺我；不能死，出我袴下！'"這裡的"侮"意思是輕視，"辱"的意思是羞辱。」

「辱」字也有「自矜人格」的意思，但不會單用，而是和「榮辱」連用。《管子・牧民》說：「倉廩實而知禮節，衣食足而知榮辱，上服度則六親固。四維不張，國乃滅亡。下令如流水之原，令順民心。」故論卑而易行。俗之所欲，因而予之；俗之所否，因而去之。」

「辱」和「恥」的最大分別，是當用作及物動詞時，前者指的是「看不起」，後者指的是「羞侮」。

《論語・公冶長》說：「巧言、令色、足恭，左丘明恥之，丘亦恥之。匿怨而友其人，左丘明恥之，丘亦恥之。」這即是說：「左丘明看不起這種人，我孔子也看不起這種人。」

至於「辱」作及物動詞時，則正如前引《史記・淮陰侯列傳》：「眾辱之曰……」即是「少年們羞侮韓信」的意思。《禮記・儒行》也說：「儒有可親而不可劫也，可近而不可迫也，可殺而不可辱也。」

「辱」也可用作自謙詞，例如「辱命」、「辱沒」。

周顯文字私考

作　者：周顯

出　　版：真源有限公司

地　　址：香港柴灣豐業街12號啟力工業中心A座19樓9室

電　　話：（八五二）三六二零 三一一六

發　　行：一代匯集

地　　址：香港九龍大角咀塘尾道64號龍駒企業大廈10字樓B及D室

電　　話：（八五二）二七八三 八一零二

印　　刷：美雅印刷製本有限公司

初　　版：二零二三年六月

PRINTED IN HONG KONG

ISBN：978-988-76535-2-3